우리말
속담사전

우리말
속담사전

개정판 1쇄 발행 | 2023년 06월 30일

엮은이 | 전치수

발행인 | 김선희 · 대 표 | 김종대
펴낸곳 | 도서출판 매월당
책임편집 | 박옥훈 · 디자인 | 윤정선 · 마케터 | 양진철 · 김용준

등록번호 | 388-2006-000018호
등록일 | 2005년 4월 7일
주소 | 경기도 부천시 소사구 중동로 71번길 39, 109동 1601호
(송내동, 뉴서울아파트)
전화 | 032-666-1130 · 팩스 | 032-215-1130

ISBN 979-11-7029-223-4 (03810)

우리말 속담사전

전치수 엮음

매월당
MAEWOLDANG

지혜와 재치가 가득한 속담 속에 담긴 의미를 찾아 떠나는 재미난 여행!

속담은 예로부터 입에서 입으로 전해 내려온 우리 민족의 소중한 언어 유산으로, 그 짧은 구절에 풍자와 비판, 교훈 등이 담겨 있으며 다른 말로 이언俚諺, 또는 속언俗諺이라고도 한다. 속담은 원래 서민생활 속에서 만들어진 것이 많으나 고전이나 고사故事에서 비롯되어 세상에 유포된 것도 있다.

또한 속담 속에는 옛사람들의 삶의 지혜와 재치가 담겨 있을 뿐만 아니라 역사와 문화, 풍습이 녹아들어 있어 그 의미를 되새겨 보면 우리가 미처 알지 못하고 지나쳤던 많은 뜻이 깃들어 있음을 깨달을 수 있다. 그리하여 우리가 표현하고자 하는 의미를 전달하는데 큰 효과를 거둘 수 있다. 더불어 속담은 말의 가락이 좋고 간결하며 표현 또한 정확하여, 적절하게 사용하면 우리의 언어생활을 다양하고 풍부하게 해주므로 일상생활에서 윤활유와 같은 역할을 한다고 해도 과언이 아니다. 그러나 남용하면 싫증이 나기 쉽고 상투적인 말로 떨어질 위험도 있으므로, 꼭 상황에 맞게 사용했으면 하는 바람으로 이 책을 만들게 되었다.

차 례

가

● 가게 기둥에 입춘

격에 맞지 않는다는 말(=거적문에 돌쩌귀)

● 가까운 남이 먼 친척보다 낫다

멀리 떨어져 사는 일가보다 남이라도 이웃에 가까이 지내는 사람이 더 낫다는 말(=먼 사촌보다 가까운 이웃이 낫다, 이웃 사촌)

● 가까운 데 집은 깎이고 먼 데 절은 비친다

가까운 데 있는 절이나 집은 자잘한 흠도 잘 드러나서 좋지 않아 보이고 먼 곳에 윤곽만 보이는 절이나 집은 좋아 보인다는 뜻으로, 늘 가까이에 있는 것은 그 뛰어남이 보이지 않는 반면 멀리 있는 것은 실제보다 더 돋보이기 쉬움을 비유적으로 이르는 말

- 가까운 무당보다 먼 데 무당이 영험하다

흔히 사람은 자신이 잘 알고 가까이 있는 것보다는 잘 모르고 멀리 있는 것을 더 좋은 걸로 생각한다는 말

- 가까운 제 눈썹 못 본다

멀리 있는 것은 용케 잘 보면서도 자기 눈앞에 가깝게 보이는 것은 잘 못본다는 말

- 가꿀 나무는 밑동을 높이 자른다

어떠한 일이나 장래의 안목을 생각해서 미리부터 준비를 철저하게 해두어야 한다는 말

- 가난 구제는 임금도 못 한다

남의 가난한 살림을 도와주기란 끝이 없는 일이어서, 개인은 물론 나라의 힘으로도 구제하지 못한다는 말

- 가난도 비단 가난

아무리 가난하여도 몸을 함부로 가지지 않고, 본래의 지체와 체통을 더럽히지 않는다는 말

● 가난이 소 아들이라

소처럼 죽도록 일해도 가난에서 벗어날 수 없음을 이르는 말

● 가난도 스승이다

가난하면 이를 극복하려는 의지와 노력이 생기므로 가난이 주는 가르침도 스승과 같은 역할을 한다는 의미

● 가난이 원수

일반적으로 불행한 사건이 일어나는 것은 가난이 그 동기가 된다는 생각 때문에 생긴다는 말

● 가난이 질기다

가난하여 곧 굶어죽을 것 같으나 잘 견디어낸다는 뜻으로, 가난 속에서도 갖은 고생을 하며 그럭저럭 살아감을 비유적으로 이르는 말

● 가난한 놈은 성도 없나

가난한 사람이 괄시당할 때 하는 말

● 가난한 놈이 기와집만 짓는다

가난하고 구차하게 사는 사람일수록 공상만 많이 하여 허풍을 떤다는 말

● 가난한 상주 방갓 대가리 같다

사람의 몰골이 허술하여 볼품없어 보임을 놀림조로 이르거나, 무슨 물건이 탐탁하지 못하고 어색해 보이며 값없어 보임을 이르는 의미, 또는 머리가 모시처럼 희게 되었다는 뜻으로, 오랜 세월이 지났다는 말

● 가난한 양반 씨나락 주무르듯

가난한 양반이 털어먹자니 앞날이 걱정스럽고 그냥 두자니 당장 굶는 일이 걱정되어서 볍씨만 한없이 주무르고 있다는 뜻으로, 어떤 일에 닥쳐 우물쭈물하기만 하면서 선뜻 결정을 내리지 못하고 있는 모양을 이르는 말

● 가난한 양반 향청에 들어가듯

가난한 양반이 주눅이 들어 향청에 들어갈 때처럼 행색이 떳떳하지 못하고 머뭇거리면서 쩔쩔매는 모습을 비유적으로 이르는 말, 또는 하기 싫은 일을 마지못하여 기운 없이 함을 비유적으로 이르는 말

● 가난한 집 신주 굶듯

가난한 집에서는 산 사람도 배를 곯는 형편이므로 신주까지도 제사 음식을 제대로 받아보지 못하게 된다는 뜻으로, 줄곧 굶기만 한다는 말

● 가난한 집에 자식이 많다

가난한 집에는 먹고 살아갈 걱정이 큰데 자식까지 많다는 뜻으로, 이래저래 부담되는 것이 많음을 이르는 말

● 가난한 집 제사 돌아오듯 한다

살아가기도 어려운 가난한 집에 제삿날이 자꾸 돌아와서 그것을 치르느라 매우 어려움을 겪는다는 뜻으로, 힘든 일이 자주 닥쳐옴을 비유적으로 이르는 말

● 가난한 집 족보 자랑하기다

가난뱅이 양반은 자신을 자랑할 만한 것이 없기 때문에 자기의 조상 자랑만 늘어놓는다는 말

● 가난할수록 기와집 짓는다

당장 먹을 것이나 입을 것이 넉넉지 못한 가난한 살림일수록 기와집을 짓는다는 뜻으로, 실상은 가난한 사람이 남에게 업신여김을 당하기 싫어서 허세를 부리려는 심리를 비유적으로 이르는 말, 또는 가난하다고 주저앉고 마는 것이 아니라 어떻게든 잘살아보려고 용단을 내어 큰일을 벌인다는 말

● 가는 날이 장날

일을 보러가니 공교롭게 장이 서는 날이라는 뜻으로, 어떤 일을 하려고 하는데 뜻하지 않은 일을 공교롭게 당함을 비유적으로 이르는 말

● 가는 년이 물 길어다놓고 갈까

일을 그만두고 가는 사람이 뒷일을 생각하지 않고 일한다는 말

● 가는 님은 밉상이요, 오는 님은 곱상이다

말려도 뿌리치고 야속하게 가는 님은 미워도, 기다리던 끝에 오는 님은 반갑다는 말

● 가는 말에도 채찍질

잘하는 일에 더욱 잘하라고 격려함을 이르는 말

● 가는 말이 고와야 오는 말이 곱다
내가 남에게 말을 좋게 하여야 남도 나에게 말을 좋게 한다는 말

● 가는 방망이, 오는 홍두깨
선불리 남을 해치려다 도리어 자신이 큰 화를 입는다는 말

● 가는 세월에 오는 백발이다
세월이 가면 사람은 늙게 마련이라는 말

● 가는 손님은 뒤꼭지가 예쁘다
손님 대접을 하기 어려운 처지에 곧 돌아가는 손님은 그 뒷모양도 예쁘게 느껴진다는 말

● 가는 정이 있어야 오는 정도 있다
자기도 남에게 좋은 일을 해야 그 보답을 받을 수 있다는 말

● 가는 토끼 잡으려다 잡은 토끼 놓친다
욕심을 너무 크게 부려 한꺼번에 여러 가지를 하려다가 이미 이룬 일까지 실패하기 쉽다는 말

● 가늘게 먹고 가는 똥 싸라

너무 욕심을 부리다가는 봉변을 당하기 쉬우니 제 힘에 맞게 적당히 취하라는 것을 비유적으로 이르는 말

● 가다 말면 안 가는 것만 못 하다

무슨 일을 하다가 중도에서 그만두려면 차라리 처음부터 안하는 것이 낫다는 말

● 가랑니가 더 문다

같잖고 시시한 것이 더 괴롭히거나 애를 먹임을 비유적으로 이르는 말

● 가랑비에 옷 젖는 줄 모른다

조금씩 젖는 줄도 모르게 가랑비에 젖듯이 재산이 없어지는 줄 모르게 조금씩 줄어든다는 말

● 가랑이가 찢어지도록 가난하다

매우 가난하다는 말

● 가랑잎에 불붙기

성질이 급하고 마음이 좁은 사람을 가리키는 말

● 가랑잎으로 똥 싸 먹겠다

잘살던 사람이 별안간 몹시 가난해져서 어찌할 수 없는 신세가 됨을 비유적으로 이르는 말

● 가랑잎이 솔잎더러 바스락거린다고 한다

자기 허물이 더 많은 사람이 도리어 허물이 적은 사람을 나무라거나 흉을 본다는 말

● 가래 터 종놈 같다

힘든 가래질을 억지로 하는 종과 같다는 뜻으로, 성품이 거칠고 버릇없이 굴거나 매사에 못마땅해서 무뚝뚝하게 구는 사람을 비유적으로 이르는 말

● 가루 가지고 떡 못 만들랴

가루만 있으면 누구나 떡을 만들 수 있다는 뜻으로, 누구나 다 할 수 있는 일을 자랑하며 뽐내는 것을 비웃는 말

● 가루는 칠수록 고와지고 말은 할수록 거칠어진다

가루는 체에 칠수록 고와지지만 말은 길어질수록 시비가 붙을 수 있고 마침내는 말다툼까지 가게 되니 말을 삼가라는 말

● 가루 팔러가니 바람이 불고 소금 팔러가니 이슬비 온다

가루 장사를 가면 바람이 불어 가루를 날리고 소금 장사를 가면 이슬비가 와서 소금을 다 녹여버린다는 뜻으로, 일이 뜻대로 되지 않고 엇나감을 비유적으로 이르는 말

● 가르침은 배움의 반이다

가르치고 배우는 데에는 배우는 사람만 공부가 되는 것이 아니라 가르치는 사람도 같이 공부가 된다는 말

● 가림은 있어야 의복이라 한다

가려야 할 데를 가려야 비로소 의복이라 할 수 있다는 뜻으로, 제가 맡은 구실을 온전히 다 해야만 그에 마땅한 대우를 받음을 비유적으로 이르는 말

● 가마가 검기로 밥도 검을까

가마가 검다고 하여 가마 안의 밥까지 검겠느냐는 뜻으로, 겉이 좋지 않다고 하여 속도 좋지 않을 것이라고 경솔하게 판단하지 말라는 말

● 가마가 많으면 모든 것이 헤프다

가마가 많으면 그만큼 여러 곳에 나누어 넣고 끓이게 되므로 모든 것이 헤프다는 뜻으로, 일이나 살림을 여기저기 벌여놓으면 결국 낭비가 많아진다는 말

● 가마 밑이 노구솥 밑을 검다 한다

더 시꺼먼 가마솥 밑이 덜 시꺼먼 노구솥 밑을 보고 도리어 검다고 흉본다는 뜻으로, 남 못지않은 잘못이나 결함이 있는 사람이 제 흉은 모르고 남의 잘못이나 결함만을 흉봄을 비유적으로 이르는 말

● 가마 속의 콩도 삶아야 먹는다

가마 안에 들어간 콩도 끓여서 삶아야 먹을 수 있다는 뜻으로, 다 된 듯하고 쉬운 일이라도 손을 대어 힘을 들이지 않으면 이익이 되지 않음을 비유적으로 이르는 말

● 가마솥에 든 고기

꼼짝없이 죽게 된 신세를 비유적으로 이르는 말

● 가마 타고 시집가기는 틀렸다

시집을 갈 때 으레 가마를 타고 가는 것이나 그 격식을 좇아서 하지 못한다는 뜻으로, 일이 제대로 되지 않아 격식과 채비를 갖추어서 하기는 틀렸음을 비유적으로 이르는 말

● 가만한 바람이 대목을 꺾는다

약하게 가만가만 부는 바람이 큰 나무를 꺾는다는 뜻으로, 작고 약한 것이라고 얕잡아 보아서는 안 된다는 말

● 가만히 먹으라니까 뜨겁다고 한다

눈치 없이 비밀리 한 일을 드러낸다는 말

● 가만히 있으면 중간이나 간다

잠자코 있으면 남들이 아는지 모르는지 모르기 때문에 중간은 되지만 모르는 것을 애써 아는 척하다가는 무식이 탄로 난다는 말

● 가면 갈수록 첩첩 산중이다

일이 순조롭게 나아가지 못하고 갈수록 힘들고 어렵게 꼬이는 상태를 이르는 말

● 가문 날에 빗방울 안 떨어지는 날이 없다

가뭄이 계속되면서 비는 시원히 오지 않고 몇 방울 떨어지기만 한다는 말

● 가문 덕에 대접받는다

변변치 못한 사람이 좋은 가문에 태어난 덕분에 좋은 대우를 받는다는 말

● 가뭄 끝은 있어도 장마 끝은 없다

가뭄은 아무리 심하여도 얼마간의 거둘 것이 있지만 큰 장마가 진 뒤에는 아무것도 거둘 것이 없다는 뜻으로, 가뭄에 의한 재난보다 장마로 인한 재난이 더 무서움을 비유적으로 이르는 말

● 가뭄에 콩 나듯 한다

가뭄에는 심은 콩이 제대로 싹이 트지 못하여 드문드문 난다는 뜻으로, 어떤 일이나 물건이 어쩌다 하나씩 드문드문 있는 경우를 비유적으로 이르는 말

● 가뭄에 단비

가뭄이 들어 곡식이 다 마를 때에 기다리던 비가 온다는 뜻으로, 기다리고 바라던 일이 마침내 이루어짐을 이르는 말

● 가뭄철 물웅덩이의 올챙이 신세

가뭄으로 말라버려 곧 밑바닥이 드러나고야 말 물웅덩이 속에서 우글거리는 올챙이 신세라는 뜻으로, 머지않아 죽거나 파멸할 운명에 놓인 가련한 신세를 비유적으로 이르는 말

● 가보 쪽 같은 양반

노름에서 아홉 끗을 차지한 것과 같이 세상살이에서도 끗수를 가장 많이 차지한다는 뜻으로, 세도가 대단한 양반을 비유적으로 이르는 말

● 가시아비 돈 떼어먹은 놈처럼

남에게 폐를 끼치고도 미안해하지 않는 태도를 비유적으로 이르는 말

● 가시어미 눈멀 사위

사위가 왔을 때에 국을 끓여주느라 생기는 연기와 김으로 장모의 눈을 멀게 할 사위라는 뜻으로, 국을 매우 좋아하는 사람을 비유적으로 이르는 말

● 가시어미 장 떨어지자 사위가 국 싫다 한다

처갓집에 장이 떨어져서 국을 끓일 수 없게 되었는데 마침 사위가 국은 싫어서 먹지 않겠다고 한다는 뜻으로, 어떤 일이 서로 공교롭게도 때맞추어 일어남을 비유적으로 이르는 말

● 가을 더위와 노인의 건강

가을의 더위와 노인의 건강은 오래갈 수 없다는 뜻으로, 끝장이 가까워 그 기운이 쇠하고 오래가지 못함을 비유적으로 이르는 말

● 가을마당에 빗자루 몽당이를 들고 춤을 추어도 농사 밑이 어둑하다

가을에 타작을 하여 줄 것은 주고 갚을 것은 갚고 빈손에 빗자루만 남게 되더라도 그래도 남은 것이 있다는 뜻으로, 농사일은 든든한 것임을 이르는 말

● 가을 물은 소 발자국에 고인 물도 먹는다

가을 물이 매우 맑고 깨끗함을 비유적으로 이르는 말

- 가을바람은 총각 바람 봄바람은 처녀 바람

가을에는 남자가 바람이 나기 쉽고, 봄에는 여자가 바람이 나기 쉬움을 비유적으로 이르는 말

- 가을바람의 새털

가을바람에 이리저리 날리는 새털처럼 매우 가볍고 꿋꿋하지 못한 것을 비유적으로 이르는 말

- 가을밭은 안 갈아엎는다

가을에 밭농사가 끝난 뒤에는 그 밭을 그대로 두는 것이 좋다는 말

- 가을볕에는 딸을 쬐이고 봄볕에는 며느리를 쬐인다

선선한 가을볕에는 딸을 쬐이고 살갗이 잘 타고 거칠어지는 봄볕에는 며느리를 쬐인다는 뜻으로, 시어머니는 며느리보다 제 딸을 더 아낌을 비유적으로 이르는 말

- 가을비는 떡비라

풍족한 가을에는 이것저것 먹을 것도 많으므로, 비가 와서 일하러 나가지 못하게 되는 날에는 집 안에서 넉넉한 곡식으로 떡이나 해먹고 지내기가 쉬움을 비유적으로 이르는 말

● 가을비는 장인의 나룻 밑에서도 긋는다

가을비는 아주 잠깐 오다가 곧 그친다는 의미, 또는 그때그때의 잔걱정은 순간적이어서 곧 지나가버림을 비유적으로 이르는 말

● 가을 상추는 문 걸어 잠그고 먹는다

가을 상추는 특별히 맛이 좋음을 비유적으로 이르는 말

● 가을 식은 밥이 봄 양식이다

먹을 것이 흔한 가을에는 먹지 않고 내놓은 식은 밥이 봄에 가서는 귀중한 양식이 된다는 뜻으로, 풍족할 때 함부로 낭비하지 않고 절약하면 뒷날의 궁함을 면할 수 있음을 비유적으로 이르는 말

● 가을 아욱국은 계집 내쫓고 먹는다

가을 아욱국이 특별히 맛이 좋음을 비유적으로 이르는 말

● 가을에 내 아비 제도 못 지내거든 봄에 의붓아비 제 지낼까

양식이 풍족한 가을에 아버지 제사도 못 지냈는데 양식이 떨어진 봄에 의붓아버지의 제사를 지내겠냐는 뜻으로, 형편이 넉넉할 때 꼭 치러야 할 일도 못하는데 어려운 때에 체면을 차리기 위해서 억지로 힘든 일을 할 수는 없음을 비유적으로 이르는 말

● 가을에는 대부인 마누라도 나무 신짝 가지고 나온다

가을걷이 때에는 일이 많아서 누구나 바삐 나서서 거들게 됨을 비유적으로 이르는 말

● 가을에는 손톱 발톱이 다 먹는다

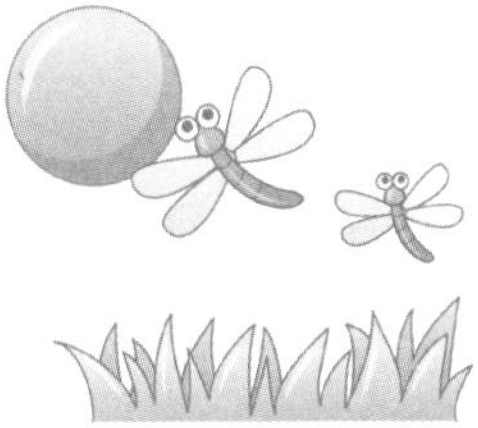

가을에는 손톱이나 발톱까지도 먹을 것을 찾는다는 뜻으로, 가을철에는 매우 입맛이 당기어 많이 먹게 됨을 비유적으로 이르는 말

● 가을에 떨어지는 도토리는 먼저 먹는 것이 임자이다

임자 없는 물건은 누구든 먼저 차지하는 사람의 것이 된다는 말

● 가을에 밭에 가면 가난한 친정에 가는 것보다 낫다

가을밭에는 먹을 것이 많다는 말

● 가을일은 미련한 놈이 잘한다

가을 농촌 일은 매우 바쁘고 힘들기 때문에 미련한 사람처럼 꾀를 부리지 않고 묵묵히 해야 성과가 있음을 비유적으로 이르는 말

● 가을 중 싸다니듯

수확이 많은 가을철에 조금이라도 더 시주를 얻기 위하여 중이 바쁘게 돌아다닌다는 뜻으로, 여기저기 분주히 돌아다님을 비유적으로 이르는 말

● 가을 중의 시주 바가지 같다

가을에는 곡식이 풍성하여 시주도 많이 하게 되므로 시주 바가지가 가득하다는 데서, 무엇이 가득 담긴 것을 비유적으로 이르는 말

● 가자니 태산이요, 돌아서자니 숭산이라

앞에도 높은 산이고 뒤에도 높은 산이라는 뜻으로, 이러지도 저러지도 못할 난처한 지경에 이름을 비유적으로 이르는 말

● 가재 뒷걸음이나 게 옆걸음이나

가재가 뒤로 가는 것이나 게가 옆으로 가는 것이나 앞으로 바로 가지 않는 것은 매일반이라는 말

● 가재 물 짐작하듯

무슨 일에나 미리 예측을 잘함을 비유적으로 이르는 말

● 가재는 게 편이요 초록은 한 빛이라

모양이나 형편이 서로 비슷하고 인연이 있는 것끼리 서로 잘 어울리고, 사정을 보아주며 감싸주기 쉬움을 비유적으로 이르는 말

● 가죽이 모자라서 눈을 냈는가

보기 위해서 눈을 냈지 살가죽이 모자라서 눈을 내놓은 것이 아니라는 뜻으로, 남들은 다 잘 보는 것을 보지 못하는 사람을 핀잔하는 말

● 가죽이 있어야 털이 나지

무엇이나 그 바탕이 있어야 생길 수 있음을 비유적으로 이르는 말

● 가지 나무에 목을 맨다

워낙 딱하고 서러워서 목맬 나무의 크고 작음을 가리지 않고 죽으려 한다는 뜻으로, 이것저것 가릴 처지가 아님을 비유적으로 이르는 말

● 가지 따 먹고 외수外數한다

남의 밭에 가서 가지를 따 먹고 남을 속인다는 뜻으로, 사람의 눈을 피하여 나쁜 짓을 하고는 시치미를 떼면서 딴전을 부림을 비유적으로 이르는 말

● 가지 많은 나무 바람 잘 날 없다

가지가 많고 잎이 무성한 나무는 살랑거리는 바람에도 잎이 흔들려서 잠시도 조용한 날이 없다는 뜻으로, 자식을 많이 둔 어버이에게는 근심과 걱정이 끊일 날이 없음을 비유적으로 이르는 말

● 가진 놈의 겹철릭

한 사람이 필요 이상으로 물건을 겹쳐서 가지고 있음을 비유적으로 이르는 말

● 가진 돈이 없으면 망건 꼴이 나쁘다

몸에 지닌 돈이 없으면 비록 망건을 썼어도 그 꼴이 하찮게 보인다는 뜻으로, 돈이 없으면 그만큼 겉모양도 허술해 보이고 마음도 떳떳하지 못함을 비유적으로 이르는 말

● 가짜가 병이라

무엇이나 가짜라는 것은 차라리 없느니만 못함을 비유적으로 이르는 말

● 각설이 떼에게서는 장타령밖에 나올 것이 없다

장타령을 부르며 동냥하여 얻어먹고 다니는 각설이 떼에게서 나올 것이란 장타령밖에 없다는 뜻으로, 본바탕이 하찮은 것에서는 크게 기대할 만한 결과가 나올 수 없음을 이르는 말

● 각전 시전 통비단 감듯

장사치가 솜씨 있게 통비단을 감듯 한다는 뜻으로, 무엇을 줄줄 익숙하게 잘 감음을 비유적으로 이르는 말(=육모얼레에 연줄 감듯)

● 각전의 난전 몰듯

육주비전 각전에서 그곳의 물건을 몰래 훔쳐다가 파는 난전을 무섭게 몰아치듯 한다는 뜻으로, 정신을 차리지 못할 만큼 매우 급히 몰아침을 비유적으로 이르는 말

● 간다 간다 하면서 아이 셋 낳고 간다

하던 일을 말로만 그만둔다고 하고서 실제로는 그만두지 못하고 질질 끈다는 말

● 간 빼 먹고 등치다

겉으로는 비위를 맞추며 잘해 주는 척하면서 정작 요긴한 것을 옳지 못한 방법으로 빼앗음을 비유적으로 이르는 말

● 간에 기별도 아니 갔다

음식의 양이 너무 적어서 먹은 것 같지도 않다는 말

● 간에 붙었다 쓸개에 붙었다 한다

자기에게 조금이라도 이익이 되면 지조 없이 이편에 붙었다 저편에 붙었다 함을 비유적으로 이르는 말

● 간이 뒤집혔나 허파에 바람이 들었나

마음의 평정을 잃고 까닭 없이 웃는 것을 핀잔하는 말

● 간이 콩알만 하다

겁이 나서 몹시 두렵다는 말

● 간이라도 빼어 먹이겠다

아주 친한 사이이므로 아무리 소중한 것이라도 아낌없이 내어 줄 수 있음을 비유적으로 이르는 말

● 간장국에 절다

짠 간장국을 먹고 몸이 마른다는 뜻으로, 오래 찌들어서 바짝 마르고 단단함을 이르는 말

● 간장에 전 놈이 초장에 죽으랴

단단히 단련된 사람이 사소한 일을 무서워하겠느냐는 것을 비유적으로 이르는 말

● 간장이 시고 소금이 곰팡 난다

간장이 시어질 수 없고 소금에 곰팡이가 날 수 없다는 뜻으로, 절대로 있을 수 없는 일을 이르는 말

● 갈고리 맞은 고기

갈고리를 맞아 놀라 헐떡거리며 어쩔 줄 모르는 고기와 같다는 뜻으로, 매우 위급한 경우를 당하여 어찌할 바를 모름을 비유적으로 이르는 말

● 갈모 형제라

갈모의 모양이 위는 뾰족하고 아래는 넓은 데서, 아우가 형보다 나은 경우를 비유적으로 이르는 말

● 갈바람에 곡식이 혀를 빼물고 자란다

가을이 오려고 서풍이 불기 시작하면 곡식들이 놀랄 만큼 빨리 자라고 익어감을 비유적으로 이르는 말

● 갈수록 태산이다

갈수록 더욱 어려운 지경에 처하게 되는 경우를 비유적으로 이르는 말

● 갈치가 갈치 꼬리 문다

친근한 사이에 서로 모함한다는 말

● 감 고장의 인심

감나무가 많은 고장에서는 누가 감을 따먹어도 아무도 말리는 법이 없다는 데서, 매우 순박하고 후한 인심을 비유적으로 이르는 말

● 감과 고욤은 두들겨 따야 잘 열린다

감이나 고욤은 열매 달린 가지를 두들겨 따야 이듬해에 햇가지가 잘 자라고 열매가 많이 달린다는 뜻으로, 무슨 일이든지 이치에 맞게 하여야 큰 성과가 이루어짐을 비유적으로 이르는 말

● 감기 고뿔도 남을 안 준다

감기까지도 남에게 주지 않을 만큼 지독하게 인색하다는 말

● 감기는 밥상머리에 내려앉는다

감기 들어 앓고 있다가도 밥상을 받으면 앓는 사람 같지 않게 잘 먹는다는 말, 또는 밥만 잘 먹으면 감기 정도는 절로 물러간다는 뜻으로, 밥만 잘 먹으면 병은 물러감을 이르는 말

● 감꼬치 빼 먹듯

벌지는 못하고 있던 재물을 하나씩 하나씩 축내어 가기만 하는 모양을 비유적으로 이르는 말

● 감나무 밑에 누워도 삿갓 미사리를 대어라

감나무 밑에 누워서 절로 떨어지는 감을 얻어먹으려 하여도 그것을 받기 위해서는 삿갓 미사리를 입에 대고 있어야 한다는 뜻으로, 의당 자기에게 올 기회나 이익이라도 그것을 놓치지 않으려는 노력이 필요함을 이르는 말

● 감나무 밑에 누워서 홍시 떨어지기를 기다린다

아무런 노력도 아니 하면서 좋은 결과가 이루어지기만 바람을 비유적으로 이르는 말

● 감 내고 배 낸다

제 뜻대로 주선함을 비유적으로 이르는 말

● 감사 덕분에 비장 나리 호사한다

윗사람 덕분에 아랫사람이 분에 넘치는 대접을 받는다는 뜻으로, 남의 덕분에 엉뚱한 사람이 호강함을 비유적으로 이르는 말

● 감사면 다 평안감사인가

높은 자리라고 모두가 다 좋은 자리는 아니라는 의미

● 감옥에 십 년을 있으면 바늘로 파옥한다

감옥살이 10년이면 바늘을 가지고도 옥을 깨쳐 뛰쳐나오게 된다는 뜻으로, 사람이 역경에 처하고 그것을 극복하려고 오래 애쓰는 과정에서는 보잘것없는 작은 물건을 가지고도 큰일을 성사시킬 수 있음을 비유적으로 이르는 말

● 감이 재간이다

어떤 감이 쓰이느냐에 따라 일의 성과가 좌우되므로 감이 곧 일 재간이 된다는 뜻으로, 재료가 좋으면 일도 잘됨을 이르는 말

● 감자 잎에 노루 고기를 싸 먹겠다

감자가 한창 자라는 여름에 때 아닌 눈이 내려서 먹이를 찾으러 마을로 온 노루를 잡아먹을 수 있겠다는 뜻으로, 때 아닌 철에 눈이 내리는 경우를 이르는 말

● 감출수록 드러난다

숨기려 드는 일은 도리어 드러나기 쉽다는 의미

● 감투가 커도 귀가 짐작이라

귀를 가늠하여 감투의 크기를 짐작할 수 있다는 뜻으로, 어떤 사물의 내용을 어느 정도 자신 있게 짐작할 수 있음을 비유적으로 이르는 말

● 감투가 크면 어깨를 누른다

실력이나 능력도 없이 과분한 지위에서 일을 하게 되면 감당할 수 없게 된다는 말

● 갑갑한 놈이 송사한다
제게 긴요한 사람이 먼저 행동한다는 말

● 갑술 병정이면 다 흉년인가
병자호란을 전후하여 갑술년과 병자년, 정축년에 큰 흉년이 들었다고 하여 갑술년이나 병자년, 정축년이면 무조건 흉년이 든다고 생각하는 것은 잘못이라는 뜻으로, 어느 하나가 같다고 전체도 그와 같을 것이라고 생각해서는 안 된다는 것을 비유적으로 이르는 말

● 값도 모르고 싸다고 한다
일의 속사정은 잘 알지도 못하면서 경솔하게 이러니저러니 말함을 이르는 말

● 값싼 갈치자반 맛만 좋다
값이 싸면서도 쓸 만한 물건을 이르는 말

● 값싼 것이 비지떡
값이 싸면 품질이 좋지 못하다는 말

● 갓방 인두 달듯
갓 만드는 작업장의 인두가 언제나 뜨겁게 달아 있는 것처럼 자기 혼자 애태우며 어쩔 줄 몰라 하는 모양을 비유적으로 이르는 말

● 갓 사러 갔다가 망건 산다
본래의 의미를 잊어버리고 다른 일에 정신이 팔려 있다는 말

● 갓 쓰고 망신
한껏 점잔을 빼고 있는데 뜻하지 아니한 망신을 당하여 더 무참하게 되었음을 비유적으로 이르는 말

● 갓 쓰고 박치기해도 제멋
갓 쓰고 박치기를 하여 갓이 망가지게 되는 것도 제멋으로 하는 짓이란 뜻으로, 남이 어떤 짓을 하거나 제 마음대로 하게 내버려두라는 말

● 갓 쓰고 자전거 탄다
전혀 격에 어울리지 아니하게 차려입은 것을 놀림조로 이르는 말

● 갓장이 헌 갓 쓰고 무당 남 빌려 굿하고

자기가 자기 것을 만들어 가지지 못하고 자기가 자기 일을 처리하지 못하는 경우를 비유적으로 이르는 말

● 강 하나가 천 리다

장애물이 있으면 그렇게 가까이 지내던 이웃 동리도 천리와 같이 멀어진다는 말

● 강 건너 불구경이다

자신과는 상관없는 일이라고 남의 일에 너무 무관심한 태도를 보일 때 쓰는 말

● 강물도 쓰면 준다

굉장히 많은 강물도 쓰면 준다는 뜻으로, 풍부하다고 하여 함부로 헤프게 쓰지 말라는 말

● 강물이 돌을 굴리지 못한다

강물이 아무리 흘러도 돌을 움직여 굴리지는 못한다는 뜻으로, 세태에 흔들리지 아니하고 지조 있게 꿋꿋이 행동함을 비유적으로 이르는 말

● 강아지 똥은 똥이 아닌가

약간의 차이는 있다 하더라도 그 본질은 다 같거나, 또는 나쁜 짓을 조금 했다고 하여 안 했다고 발뺌을 할 수는 없음을 비유적으로 이르는 말

● 강아지에게 메주 멍석 맡긴 것 같다

강아지한테 메주 멍석을 맡기면 메주를 먹을 것은 뻔한 일이란 뜻으로, 어떤 일이나 물건을 믿지 못할 사람에게 맡겨놓고 마음이 놓이지 않아 걱정함을 비유적으로 이르는 말

● 강원도 포수砲手

산이 험한 강원도에서는 사냥을 떠나면 돌아오지 못하는 포수가 많았다는 데서, 한 번 간 후 다시 돌아오지 않거나, 매우 늦게야 돌아오는 사람을 비유적으로 이르는 말

● 강철이 달궈지면 더욱 뜨겁다

더디 달궈지는 강철이 일단 달궈지면 보통 쇠보다 더 뜨겁다는 뜻으로, 웬만해서는 화를 내지 않는 사람이 한 번 성나면 더 무서움을 비유적으로 이르는 말

● 강태공의 곧은 낚시질

강태공이 웨이수이 강에서 곧은 낚시질을 하며 때가 오기를 기다렸다는 데서, 큰 뜻을 품고 때가 오기를 기다리며 한가한 나날을 보내는 것을 비유적으로 이르는 말

● 강태공이 세월 낚듯 한다

일을 아주 느리고 천천히 하는 것을 비유적으로 이르는 말

● 강한 말은 매놓은 기둥에 상한다

힘이 매우 센 말은 그것이 움직이지 못하도록 단단히 매놓은 기둥에 상처를 입게 된다는 뜻으로, 사람을 너무 구속하면 오히려 좋지 않은 결과를 가져올 수 있다는 말

● 강한 장수 밑에는 약한 군사가 없다

유능한 장수는 군사를 잘 쓸 줄 알기 때문에 그 밑에 무능한 군사나 군대가 없다는 뜻으로, 지도력의 중요성과 의의를 강조하여 이르는 말

● 갖바치 내일 모레

갖바치들이 흔히 맡은 물건을 제날짜에 만들어주지 않고 약속한 날에 찾으러 가면 내일 오라 모레 오라 한다는 데서, 약속한 기일을 이날 저 날 자꾸 미루는 것을 비유적으로 이르는 말

● 갖바치에 풀무는 있으나마나

남에게는 요긴한 물건일지라도 제게는 아무 소용이 없음을 비유적으로 이르는 말

● 같은 값이면 과붓집 머슴살이

같은 값이면 자기에게 좀 더 이롭고 편한 것을 택함

● 같은 값이면 다홍치마

같은 값이면 품질이 좋은 것을 말함

● 같은 값이면 은가락지 낀 손에 맞으랬다

꾸지람을 듣거나 벌을 받을 경우라도 이왕이면 덕 있고 이름 있는 사람에게 당하는 것이 좋음을 비유적으로 이르는 말

● 같은 깃의 새는 같이 모인다

동류끼리 서로 잘 어울리게 됨을 비유적으로 이르는 말

● 같은 떡도 맏며느리 주는 것이 더 크다

맏며느리가 집안의 중요한 사람임을 비유적으로 이르는 말

● 같은 말이라도 '아' 다르고 '어' 다르다

비슷한 말이라도 듣기 좋은 말이 있고 듣기 싫은 말이 있듯이 말을 가려 하라는 의미

● 같은 손가락에도 길고 짧은 것이 있다

아무리 같은 조건에 있다고 하더라도 조금씩은 서로 차이가 있게 마련이라는 것을 비유적으로 이르는 말

● 같은 자리에서 서로 딴 꿈을 꾼다

겉으로는 같이 행동하는 듯이 하면서 속으로는 딴생각을 한다는 것을 비유적으로 이르는 말

● 같잖은 투전에 돈만 잃었다

기를 쓰고 덤빈 투전도 아닌데 돈을 잃었다는 뜻으로, 사소한 일에 손해만 보았음을 이르는 말

● 개가 개를 낳지

개가 개 새끼를 낳는다는 뜻으로, 못난 어버이에게서 못난 자식이 나지 별 수 없음을 비유적으로 이르는 말

● 개가 겨를 먹다가 나중에는 쌀을 먹는다

개가 처음에는 겨를 훔쳐 먹다가 재미를 붙이게 되어 나중에는 쌀을 먹는다는 뜻으로, 처음에는 조금 나쁘던 것이 차차 더 크게 나빠짐을 이르는 말

● 개가 똥을 마다할까

본디 좋아하는 것을 짐짓 싫다고 거절할 때 이를 비꼬는 말

● 개가 웃을 일이다

너무도 어이없고 같잖은 일임을 비유적으로 이르는 말

● 개가 제 주인을 보고 짖게 되어야 농사가 풍년이 든다

농민은 부지런히 논밭에 나가 일을 많이 해서 개가 주인도 못 알아볼 만큼 얼굴이 볕에 타야 그해 농사가 잘됨을 이르는 말

● 개가 콩엿 사 먹고 버드나무에 올라간다

어리석고 못난 사람이 감히 할 수 없는 일을 하겠다고 큰소리침을 비유적으로 이르는 말

● 개같이 벌어서 정승같이 산다

돈을 벌 때는 천한 일이라도 하면서 벌고 쓸 때는 떳떳하고 보람 있게 씀을 비유적으로 이르는 말

● 개구리 낯짝에 물 붓기

물에 사는 개구리의 낯에 물을 끼얹어 보았자 개구리가 놀랄 일이 아니라는 뜻으로, 어떤 자극을 주어도 그 자극이 조금도 먹혀들지 아니하거나 어떤 처사를 당하여도 태연함을 이르는 말

● 개구리도 움츠려야 뛴다

뛰기를 잘하는 개구리도 뛰기 전에 움츠려야 한다는 뜻으로, 아무리 급하더라도 일을 이루려면 그 일을 위하여 준비할 시간이 있어야 함을 이르는 말

● 개구리 소리도 들을 탓

시끄럽게 우는 개구리 소리도 듣기에 따라 좋게도 들리고 나쁘게도 들린다는 뜻으로, 같은 현상도 어떤 기분 상태에서 대하느냐에 따라 좋게도 보이고 나쁘게도 보임을 이르는 말

● 개구리 올챙이 적 생각 못 한다

형편이나 사정이 전에 비하여 나아진 사람이 지난날의 미천하거나 어렵던 때의 일을 생각지 아니하고 처음부터 잘난 듯이 뽐냄을 비유적으로 이르는 말

● 개구멍으로 통량갓을 굴려 내다

개나 드나드는 조그만 개구멍으로 크고 값비싼 통량갓을 상하지 않게 굴려 뽑아낸다는 뜻으로, 교묘한 수단으로 남을 잘 속여 먹는 것을 욕으로 이르는 말

● 개꼬리 3년 두어도 황모(노란 털) 못 된다

본디부터 나쁘게 태어난 사람은 아무리 하여도 그 본디 성질을 바꾸지 못한다는 말

● 개꿈도 꿈인가

꿈도 꿈답지 않은 것은 꿈이라고 할 수 없듯이 물건도 물건답지 않은 것은 물건이라고 할 수 없다는 말

● 개 눈에는 똥만 보인다

평소에 자신이 좋아하거나 관심을 가지고 있는 것만이 눈에 띈다는 것을 놀림조로 이르는 말

● 개도 무는 개를 돌아본다

같은 개끼리도 사나운 개를 두려워하듯이, 사람 사이에서도 영악하고 사나운 사람에게는 해를 입게 될 것을 두려워하여 도리어 잘 대함을 비유적으로 이르는 말

● 개도 부지런해야 더운 똥을 얻어먹는다

잘 살려면 부지런해야 함을 비유적으로 이르는 말

● 개도 주인을 알아본다

짐승인 개도 자기를 돌봐주는 주인을 안다는 뜻으로, 배은망덕한 사람을 꾸짖어 이르는 말

- 개도 텃세한다

어디에서나 먼저 자리 잡은 사람이 나중에 온 사람에게 선뜻 자리를 내주지 않음을 비유적으로 이르는 말

- 개도 하루에 겨 세 홉 녹은 있다

사람은 어떻게 해서든 세 끼 밥은 먹게 됨을 비유적으로 이르는 말

- 개 등의 등겨를 털어먹는다

자기보다 못사는 사람의 것을 빼앗는 경우를 비유적으로 이르는 말

- 개똥도 약에 쓰려면 없다

평소에 흔하던 것도 막상 요긴하게 쓰려고 구하면 없다는 말

- 개똥 밟은 얼굴

좋지 아니한 일을 만나 일그러진 얼굴을 비유적으로 이르는 말

- 개똥밭에 굴러도 이승이 좋다

아무리 천하고 고생스럽게 살더라도 죽는 것보다는 사는 것이 나음을 이르는 말

● 개똥 보듯

별 관심 없이 보는 것을 비유적으로 이르는 말

● 개똥참외는 먼저 맡는 이가 임자라

임자 없는 물건은 무엇이든 먼저 발견한 사람이 차지하게 마련이라는 말

● 개를 따라가면 측간으로 간다

못된 자와 어울려 다니면 좋지 아니한 곳으로 가게 됨을 비유적으로 이르는 말

● 개 못된 것은 들에 나가 짖는다

개는 집을 지키며 집에서 짖는 짐승인데 못된 개는 쓸데없이 들판에 나가 짖는다는 뜻으로, 자기가 마땅히 해야 할 일은 하지 아니하고 아무 소용도 없는 데 가서 잘난 체하고 떠드는 행동을 이르는 말

● 개미가 절구통 물고 나간다

약하고 작은 사람이 힘에 겨운 큰일을 맡아 하거나, 무거운 것을 가지고 감을 비유적으로 이르는 말

● 개밥에 도토리

따돌림을 당해서 함께 섞이지 못하고 고립됨을 이르는 말

● 개 보름 쇠듯 한다

명절날 맛 좋은 음식도 해 먹지 못하고 그냥 넘긴다는 말

● 개 입에서 개 말 나온다

입버릇이 아주 나쁜 사람의 입에서는 결코 고운 말이 나올 리 없다는 말

● 개가 똥을 마다한다

평소에 좋아하는 것을 싫다고 거절할 때 하는 말

● 개가 제 방귀에 놀란다

대단치도 않은 일에 깜짝깜짝 잘 놀라는 경솔한 사람을 일컫는 말

● 개같이 벌어서 정승같이 쓴다

비천하게 벌어서라도 떳떳이 가장 보람 있게 쓴다는 말

- 개꼬리는 먹이를 탐내서 흔든다

  누구에게나 반가운 척하는 사람의 이면에는 대부분 야심이 숨겨져 있다는 의미

- 개는 잘 짖는다고 좋은 개는 아니다

  모름지기 사람이 말만 잘 한다고 해서 훌륭한 사람이 아니라 처신을 잘 해야 훌륭한 사람이라는 말

- 개도 나갈 구멍을 보고 쫓아라

  무엇을 쫓아낼 때 그 갈 길을 남겨놓고 쫓아야 한다는 말

- 개도 먹을 때는 안 때린다

  맛있게 음식을 먹고 있는 사람을 건드려서는 안 된다는 의미

- 개도 얻어맞은 골목에는 가지 않는다

  한 번 실패한 경험이 있는 사람은 다시는 그때의 전철을 밟지 않도록 경계한다는 말

- 개도 제 주인은 알아본다

  주인의 은혜를 모르는 사람을 두고 이르는 말

● 개똥도 약에 쓰려면 없다

흔한 것이라도 정작 소용이 있어 찾으면 없다는 말

● 개똥이 무서워 피하나 더러워 피하지

행실이 더러운 사람과 다투는 것보다는 피하는 것이 자신을 위해서 낫다는 말

● 개미구멍으로 공든 탑 무너진다

조그만 실수로 큰 손해를 초래했을 때를 일컫는 말

● 개미 금 탑 모으듯 한다

절약해서 조금씩 재산을 모으는 것을 뜻하는 말

● 개미 나는 곳에 범 난다

처음에는 개미만큼 작고 대수롭지 않던 것이 점점 커져서 나중에는 범같이 크고 무서운 것이 된다는 말

● 개미 쳇바퀴 돌 듯한다

조금도 진보가 없이 제자리걸음만 한다는 말

● 개 발에 편자

옷차림이나 지닌 물건 따위가 제격에 맞지 아니하여 어울리지 않음을 비유적으로 이르는 말

● 개살구가 먼저 익는다

개살구가 참살구보다 먼저 익듯이 악이 선보다 더 가속도로 발전하게 된다는 말(=개살구가 지레 터진다)

● 개살구도 맛들일 탓

자기가 좋아하는 것은 더 괜찮게 보인다는 말, 또는 취미가 제각기 다르다는 뜻

● 개새끼도 주인을 보면 꼬리친다

은혜를 모르는 체하는 사람을 조롱하는 말

● 개와 원숭이 사이다

개와 원숭이 사이같이 관계가 몹시 어색하고 안 좋은 상태를 두고 이르는 말

● 개에게 메스꺼움

개는 아무리 더러워도 메스꺼움을 느끼지 못한다는 뜻으로, 옳고 그른 것을 판단할 능력도 없으면서 공연히 앞에 나서 이렇다 저렇다 함부로 판단함을 이르는 말

● 개천에서 용 나고 미꾸라지가 용 된다

변변치 못한 집안에서 태어났더라도 꾸준히 노력을 하면 훌륭한 사람이 될 수 있고 출세할 수 있다는 말

● 개천 치다 금을 줍는다

큰 힘을 들이지 않고 우연히 횡재를 하거나 큰 성과를 거두게 된 경우를 이르는 말

● 개 팔자가 상팔자라

한가하게 놀 수 있는 개, 또는 남에게 부양되어 밥벌이 걱정 없는 개 팔자가 더 좋다는 말

● 개 핥은 죽사발 같다

남긴 것이 없이 깨끗함, 또는 매우 인색하고 각박하여 다른 사람이 조금도 얻어갈 것이 없음을 비유적으로 이르는 말

● 개 호랑이가 물어간 것만큼 시원하다

미운 개를 버리지도 못하고 속을 썩이던 중 호랑이가 물어가서 시원하다는 뜻으로, 꺼림칙한 것이 없어져 개운하고 시원함을 이르는 말

● 객주가 망하려니 짚단만 들어온다

객줏집의 영업이 안 되려니까 손님은 안 들어오고 부피만 크고 이익이 안 되는 짚단만 들어온다는 뜻으로, 일이 안 되려면 해롭고 귀찮은 일만 생긴다는 말

● 객줏집 칼도마 같다

객줏집의 칼도마는 손님을 치르느라고 많이 써서 가운데 부분이 움푹 패었다는 뜻으로, 이마와 턱이 나오고 눈 아래가 움푹 들어간 얼굴을 놀림조로 이르는 말

● 객지 벗도 사귈 탓이다

객지에서 오래 사귀지 않은 친구라도 친하기에 따라 형제처럼 될 수 있다는 말

● 객지 생활 삼 년에 골이 빈다

객지에서 남이 아무리 잘해 준다 해도 고생이 되므로 여위어서 허울만 남게 된다는 말

● 거문고 인 놈이 춤을 추면 칼 쓴 놈도 춤을 춘다

자기는 도저히 할 만한 처지가 아닌데도 남이 하는 짓을 덩달아 흉내 내다가 웃음거리가 됨을 비유적으로 이르는 말

● 거미도 줄을 쳐야 벌레를 잡는다

무슨 일을 하거나 거기에 필요한 준비나 도구가 있어야 그 목적에 달성할 수 있다는 말

● 거미줄도 줄은 줄이다

미약하나마 명실名實을 갖추었다는 말

● 거미 줄 따르듯

밀접한 관계가 있어서 서로 떨어지지 않고 따라다닌다는 말

● 거미줄로 방귀 동이듯

지극히 약한 거미줄로 형체도 없는 방귀를 동여맨다는 뜻으로, 어떤 일에 실속 없이 건성으로만 하는 체하는 모양을 이르는 말

● 거북의 털

거북은 털이 없다는 점에서, 도저히 구할 수 없는 물건을 비유적으로 이르는 말

● 거북도 제 살던 바윗돌을 떠나면 오래 살지 못한다

오래 산다고 하는 거북조차도 자기가 살던 바윗돌을 떠나면 오래 살지 못한다는 뜻으로, 사람은 자기가 나서 자란 고향 땅을 등지면 자기 명대로 살아가기가 힘듦을 비유적으로 이르는 말

● 거적 쓴 놈 내려온다

몹시 졸려서 눈꺼풀이 내려 감긴다는 말

● 거지가 도승지를 불쌍타 한다

도승지는 아무리 추운 때라도 새벽에 궁궐에 가야 하기 때문에 거지가 그것을 불쌍하게 여긴다는 뜻으로, 불쌍한 처지에 놓여 있는 사람이 도리어 자기보다 나은 사람을 동정한다는 말

● 거지는 논두렁 밑에 있어도 웃음이 있다

물질적으로는 가난하더라도 마음의 화평은 얼마든지 있을 수 있다는 말

● 거지는 모닥불에 살찐다

거지가 모닥불을 피워놓고 언 몸을 녹이는 맛에 살이 찐다는 뜻으로, 아무리 어려운 사람이라도 무언가 한 가지는 사는 재미가 있다는 말

● 거지도 배 채울 날이 있다

못살고 헐벗은 사람일지라도 언젠가는 행복한 날이 온다는 말

● 거지도 부지런하면 더운밥을 얻어먹는다

사람은 부지런해야 복 받고 살 수 있다는 말

● 거지발싸개 같다

아주 더럽고 지저분한 것을 말함

● 거지 자루 기울 새 없다

가난한 살림이라도 생활하여 나가려면 바쁘고 짬이 없다는 말

● 거지 조상 안 가진 부자 없고 부자 조상 안 가진 거지 없다

빈부귀천은 타고나는 것이 아님을 비유적으로 이르는 말

● 거짓말은 새끼를 친다

습관적으로 남을 속이는 사람은 언젠가는 사기 행위도 거침없이 하게 된다는 말

● 거짓말은 십 리를 못 간다

일시적으로 사람을 속일 수는 있지만 오랫동안 시일을 두고 속이지는 못한다는 말

● 거짓말이 외삼촌보다 낫다

거짓말이 경우에 따라서는 큰 도움이 될 수 있다는 말

● 거짓말하고 뺨 맞는 것보다 낫다

좀 무안하더라도 사실을 사실대로 말해야지 거짓말을 하면 안 된다는 말

● 걱정도 팔자소관

항상 남의 일에 참견을 잘하는 사람

● 걱정이 많으면 빨리 늙는다

쓸데없는 잔걱정을 하지 말라는 말

● 걱정이 반찬이면 상발이 무너진다

쓸데없이 걱정만 하고 밥도 제대로 먹지 않음을 두고 이르는 말

● 건너다보니 절터

미리부터 체념할 때 쓰는 말, 또는 남의 것을 자기 것으로 만들려고 해도 될 수 없다는 말

● 건넛산 돌 쳐다보듯

자기와는 아무 관계가 없다는 듯이 그저 멍하니 쳐다보며 방관하고 있다는 말

● 건넛산 보고 꾸짖기

본인에게 직접 욕하거나 꾸짖기가 거북할 때 다른 사람을 빗대어 간접적으로 꾸짖어서 당사자가 알게 한다는 말

● 건넛산 쳐다보기

무슨 일을 할 때 그 일에 열중하지 않고 한눈을 판다는 말

● 건더기 먹은 놈이나 국물 먹은 놈이나

잘 먹은 사람이나 못 먹은 사람이나 결과적으로 배고파지기는 마찬가지라는 말, 또는 잘산 사람이나 못산 사람이나 결국은 마찬가지라는 말

● 건드리지 않은 벌이 쏠까

내가 남에게 특별히 해를 끼치지 않는 한 상대방도 나를 못살게 굴지 않는다는 말

● 건밭에 부룻동

미끈하게 키가 크고 곧은 것을 비유적으로 이르는 말

● 걷기도 전에 뛰려고 한다

자기 실력도 돌아보지 않고 무리하게 하는 것

● 걷는 참새를 보면 그 해에 대과를 한다

참새가 걷는 것을 보면 등과登科를 한다는 뜻으로, 희귀한 일을 보면 좋은 운수를 만난다는 말

● 걸레를 씹어 먹었나

잔소리가 아주 심함을 핀잔하는 말

● 걸음새 뜬 소가 천 리를 간다

소는 비록 걸음이 뜨기는 하지만 한결같이 꾸준히 걸어가 마침내는 천 리를 간다는 뜻으로, 꾸준히 인내하면 큰 성과를 낼 수 있음을 비유적으로 이르는 말

● 검둥개 멱 감기듯

물건이 검은 것은 아무리 물에 씻어도 깨끗하게 희어질 수 없다는 뜻으로, 어떤 일을 해도 별로 효과가 나타나지 않음을 비유적으로 이르는 말

● 검은 강아지로 돼지 만든다

비슷한 것으로 진짜를 가장하여 남을 꾀어 속이려 하는 경우를 비유적으로 이르는 말

● 검은 고양이 눈 감은 듯

검은 고양이가 눈을 뜨나 감으나 잘 알아보지 못하듯이 어떠한 일에 사리를 분별하기가 매우 어렵다는 말

● 검은 머리 파 뿌리 되도록

검은 머리가 파 뿌리처럼 하얗게 되는 것처럼 아주 오래까지라는 말

● 겉보리 단 거꾸로 묶은 것 같다

겉보리를 베서 단을 만들 때 거꾸로 묶어놓으면 단이 허술해질 뿐만 아니라 풀어지기 쉽다는 뜻으로, 안정감이 없거나 어설프게 된 모양을 비유적으로 이르는 말

- 겉보리 돈 사기가 수양딸로 며느리 삼기보다 쉽다

  겉보리는 식량 사정이 어려운 초여름에 수확하기 때문에 팔아서 돈으로 만들기 쉽다는 뜻으로, 아주 하기 쉬운 일을 비유적으로 이르는 말

- 겉보리를 껍질째 먹은들 시앗이야 한집에 살랴

  아무리 고생을 하고 살망정 남편의 첩과 한집에서 살 수는 없음을 비유적으로 이르는 말

- 겉보리 서 말만 있으면 처가살이하랴

  여북하면 처가살이를 하겠느냐는 말, 또는 처가살이는 할 것이 못 됨을 이르는 말

- 겉보리 술 막치 사람 속인다

  겉보리 술지게미도 많이 먹으면 취하듯이, 겉보기와는 달리 맹랑한 사람을 비유적으로 이르는 말

- 겉 다르고 속 다르다

  겉과 속이 서로 같지 않다는 말은 결국 행동과 말이 전혀 일치하지 않는다는 의미

- 겉은 늙어도 속은 새파랗다

비록 몸은 늙었어도 마음속에 생각하는 것은 한창 젊었을 때와 같다는 말

- 겉이 고우면 속도 곱다

겉보기에 훌륭하면 내용도 그만큼 좋다는 뜻으로, 형식과 내용이 일치함을 이르는 말

- 게걸음 친다

뒷걸음만 친다는 말로 진보하지 못하고 퇴보만 함을 이르는 말

- 게 눈 감추듯 한다

음식을 빨리 먹는다는 말

- 게도 구럭도 다 잃었다

게는 잡지도 못하고 가지고 갔던 구럭까지 잃었다는 뜻으로, 무슨 일을 하려다가 아무 소득도 얻지 못하고 도리어 손해만 봄을 이르는 말

- 게도 구멍이 크면 죽는다

분수에 지나치면 도리어 화를 당하게 된다는 말

● 게도 제 구멍이 아니면 들어가지 않는다

남의 영역을 함부로 침범하지 않는다는 말

● 게 등에 소금 치기

아무리 해도 쓸데없는 짓을 이르는 말

● 게를 똑바로 기어가게 할 수는 없다

무엇이나 그 본래의 성질을 아주 뜯어고치지는 못한다는 말

● 게으른 놈 짐 많이 지기

게으른 사람이 일하기 싫어 한 번에 많이 해치우려고 하거나, 능력도 없으면서 일에 대한 욕심이 지나치게 많음을 빈정대어 이르는 말

● 게으른 선비 설날에 다락에 올라가서 글 읽는다

게으른 자가 분주한 지경에 이르러 부지런한 체한다는 말

● 겨 묻은 개가 똥 묻은 개 나무란다

결점이 있기는 마찬가지이면서, 조금 덜한 사람이 더한 사람을 흉볼 때에 변변하지 못하다고 지적하는 말

- 겨울을 지내보아야 봄 그리운 줄 안다

사람은 어려운 시련과 고통을 겪어보아야 삶의 참된 보람을 알 수 있게 됨을 이르는 말

- 겨울이 다 되어야 솔이 푸른 줄 안다

푸른 것이 다 없어진 한겨울에야 솔이 푸른 줄 안다는 뜻으로, 위급하거나 어려운 고비를 당해 봐야 비로소 그 사람의 진가를 알 수 있음을 비유적으로 이르는 말

- 겨울이 지나지 않고 봄이 오랴

세상일에는 다 일정한 순서가 있는 것이니, 급하다고 하여 억지로 할 수는 없음을 이르는 말, 또는 겨울이 지나야 따뜻한 봄이 온다는 뜻으로, 시련과 곤란을 극복해야 승리와 성과를 얻을 수 있음을 비유적으로 이르는 말

- 겨울 화롯불은 어머니보다 낫다

추운 겨울에는 따뜻한 것이 제일 좋음을 이르는 말

- 겨 주고 겨 바꾼다

쓸데없는 일을 하거나 어리석은 일을 하는 것을 비유적으로 이르는 말

● 겸손도 지나치면 믿지 못한다

지나치게 겸손하면 위선으로 변하게 된다는 의미

● 경 다 읽고 떼어버려야겠다

이번 일이나 마치고 앞으로는 아주 인연을 끊어야겠다는 말

● 경상도서 죽 쑤는 놈 전라도 가도 죽 쑨다

게으르고 가난한 사람은 어디를 가도 그 곤란에서 벗어나기 어렵다는 말

● 경을 팥 다발같이 치다

호되게 고통을 겪음을 두고 이르는 말

● 경치고 포도청 간다

단단히 욕을 보고도 또 포도청에 잡혀가서 벌을 받는다는 뜻으로, 몹시 심한 욕을 당하거나 혹독한 형벌을 받음을 비유적으로 이르는 말

● 곁가마가 먼저 끓는다

끓어야 할 원래의 가마솥은 끓지 않고 곁에 있는 가마솥이 끓는다는 뜻으로, 당사자는 가만히 있는데 옆 사람이 오히려 신이 나서 떠들거나 참견하는 경우를 비유적으로 이르는 말

● 곁방살이 코 곤다

남의 집에서 곁방살이를 하는 사람이 코를 곤다는 뜻으로, 제 분수도 모르고 버릇없이 함부로 굴거나, 나그네가 오히려 주인 행세를 함을 이르는 말

● 곁방에서 불난다

남에게 세를 내준 곁방에서 잘못하여 불이 일어난다는 뜻으로, 평소에 눈에 거슬리던 데서 사고가 생겨 더욱 밉다는 말

● 곁집 잔치에 낯을 낸다

자기 물건을 쓰지 않고 남의 것을 가지고 생색을 낸다는 말

● 계란에도 뼈가 있다

늘 일이 잘 안 되던 사람이 모처럼 좋은 기회를 만났건만, 그 일마저 역시 잘 안 됨을 이르는 말

● 계집 둘 가진 놈의 창자는 호랑이도 안 먹는다

본처와 첩을 데리고 사는 사람은 몹시 속이 썩기 때문에 그 창자가 썩어서 호랑이도 안 먹는다는 뜻으로, 처첩을 거느리고 살자면 속이 썩어 편할 날이 없다는 말

● 계집 때린 날 장모 온다

자기 아내를 때린 날 장모가 오듯이 일이 공교롭게 잘 안 되며 낭패를 본다는 말

● 계집 바뀐 건 모르고 젓가락 짝 바뀐 건 안다

큰 변화는 모르고 지내면서, 소소하게 달라진 것에 대해서는 떠듦을 핀잔하는 말

● 계집은 남의 것이 곱고 자식은 제 새끼가 곱다

자식에 대한 부모의 정은 더할 나위가 없음을 이르거나, 남의 여자를 넘겨다보며 자기 아내에 대하여 불만을 가지는 실없는 남자의 마음을 이르는 말

● 계집은 상을 들고 문지방을 넘으며 열두 가지 생각을 한다

아내가 남편에게 할 이야기가 많지만 말할 기회가 없어 못 하고 있다가, 밥상을 들고 들어가면서 여러 가지 할 말을 생각한다는 말

● 계집의 독한 마음 오뉴월에 서리 친다

여자의 원한과 저주는 오뉴월에 서릿발이 칠 만큼 매섭고 독하다는 말(=여자가 한을 품으면 오뉴월에도 서리가 내린다)

● 계집의 매도 너무 맞으면 아프다

친한 사이라도 함부로 하면 좋지 않은 일이 생긴다는 뜻으로, 비록 가깝고 친한 사이라도 예의를 잃지 말라는 말

● 계집의 얼굴은 눈의 안경

여자의 얼굴이 곱고 미운 것은 보는 사람에 따라 다르다는 말

● 계집이 늙으면 여우가 된다

여자는 나이를 먹을수록 요망스러워진다는 말

● 계집 입 싼 것

입이 가볍고 말이 헤픈 여자는 화를 일으키는 일이 많다는 뜻으로, 아무짝에도 쓸데없고 도리어 해롭기만 하다는 말

● 계 타고 집 판다

곗돈을 탔다고 마구 쓰다가 나중에는 집까지 팔아먹는다는 뜻으로, 운수가 좋아 이익을 보았으나 잘못하면 그로 말미암아 더 큰 손해를 보게 된다는 말

● 고기가 물을 얻은 격이다

굶어 죽게 된 사람이 곡식을 얻어 살아나게 되었다는 말

● 고기는 씹어야 맛이요, 말은 해야 맛이다

고기의 참맛을 알려면 겉만 핥을 것이 아니라 자꾸 씹어야 하듯이, 하고 싶은 말이나 해야 할 말은 시원히 다 해버려야 좋다는 말

● 고기는 안 익고 꼬챙이만 탄다

경영하는 일은 잘 안 되고 낭패만 본다는 말

● 고기는 안 잡히고 송사리만 잡힌다
목적하던 바는 얻지 못하고 쓸데없는 것만 얻게 된다는 말

● 고기도 먹어본 사람이 많이 먹는다
무슨 일이든지 늘 하던 사람이 더 잘한다는 말

● 고기도 저 놀던 물이 좋다
평소에 낯익은 자기 고향이나 익숙한 환경이 좋다는 말

● 고기도 큰물에서 노는 놈이 크다
물고기도 큰물에서 자라는 놈일수록 더욱 크기 마련이라는 뜻으로, 사람도 좋은 환경에서 교육을 잘 받아야 훌륭한 사람으로 자라날 수 있다는 말

● 고기 맛본 중
금지된 쾌락을 뒤늦게 맛보고 재미를 붙인 사람을 비유적으로 이르는 말

● 고깔 뒤의 군 헝겊
필요도 없는 것이 늘 붙어 다녀 귀찮게 구는 것을 비유적으로 이르는 말

● 고두리에 놀란 새 같다

고두리살에 맞은 새처럼, 놀라서 어찌할 바를 모르고 두려워만 하고 있는 것을 이르는 말

● 고드름 초장 같다

겉보기에는 훌륭한 것 같으나 실지로는 아무 맛도 없는 음식이나 또는 그와 같이 실속이 없는 일을 이르는 말

● 고래 싸움에 새우 등 터진다

강한 자들끼리 싸우는 통에 아무 상관도 없는 약한 자가 중간에 끼어 피해를 입게 됨을 비유적으로 이르는 말

● 고름이 살 되랴

이왕 그르친 일은 돌이킬 수 없으니 깨끗이 단념하라는 말

● 고린 장이 더디 없어진다

나쁜 것이 빨리 없어지지 아니하고 도리어 오래 간다는 말

● 고만이 귀신이 붙었다

무슨 일이나 항상 고만한 정도에만 머물러 있고, 조금이라도 잘되려고 하다가는 무슨 액운에 걸려 역시 고만한 정도에서 머무르고 만다는 말

● 고목 넘어가듯

체통에 어울리지 아니하게 맥없이 쓰러짐을 비유적으로 이르는 말

● 고목에도 꽃을 피운다

몸은 늙었어도 계속 나라와 사회의 중요한 사람으로서 값있게 삶을 비유적으로 이르는 말

● 고뿔도 남을 안 준다

감기도 안 줄 정도로 인색하다는 말

● 고삐 없는 말

아무런 구속도 받지 않고 자유스러운 처지라는 말

● 고삐가 길면 잡힌다

나쁜 일을 오래 하면 마침내는 남에게 들킨다는 말

● 고사리는 귀신도 좋아한다

예로부터 고사리는 제상을 받으러 온 귀신도 다 좋아해서 제상에 빼놓지 않고 올려놓았다는 데서, 우리나라 사람 모두가 몹시 즐겨 먹는 음식임을 비유적으로 이르는 말

● 고사리도 꺾을 때 꺾어야 한다

무슨 일이든 그에 알맞은 시기가 있으니 그때를 놓치지 말고 하라는 말

● 고산 강아지 감 꼬챙이 물고 나서듯 한다

감 고장인 고산의 강아지가 뼈다귀 비슷한 감 꼬챙이만 보고도 물고 나온다는 뜻으로, 살림이 궁한 사람이 평소에 먹고 싶던 것과 비슷한 것만 보아도 좋아함을 이르는 말

● 고생 끝에 낙이 온다

어려운 일이나 고된 일을 겪은 뒤에는 반드시 즐겁고 좋은 일이 생긴다는 말

● 고생을 밥 먹듯 하다

자꾸만 고생하게 됨을 비유적으로 이르는 말

● 고생을 사서 한다

잘못 처신한 탓으로 하지 않아도 될 고생을 하게 됨을 이르는 말, 또는 여러 가지 정황을 보고는 자신이 스스로 어려운 일을 맡아서 고생을 한다는 말

● 고슴도치도 살 친구가 있다

누구에게나 친하게 사귀고 지낼 친구가 있기 마련이라는 말

● 고슴도치도 제 새끼가 함함하다면 좋아한다

칭찬을 받을 만한 일이 못 되더라도 좋다고 추어주면 누구나 기뻐한다는 말

● 고슴도치 오이 걸머지듯

고슴도치가 오이를 따서 등에 진 것 같다는 뜻으로, 빚을 많이 짊어짐을 비유적으로 이르는 말

● 고양이가 알 낳을 일이다

터무니없는 거짓말 같은 일이라는 말

● 고양이 간 골에 쥐 죽은 듯
고양이 소리만 나도 쥐가 옴짝달싹 못하고 죽은 듯이 조용하다는 데서, 겁이 나거나 놀라서 숨을 죽이고 꼼짝 못 하는 모양을 비유적으로 이르는 말

● 고양이 개 보듯
사이가 매우 나빠서 서로 으르렁거리며 해칠 기회만 찾는 모양을 비유적으로 이르는 말

● 고양이 기름 종지 노리듯
무엇에 눈독을 들여 탐을 내는 모양을 비유적으로 이르는 말

● 고양이 달걀 굴리듯
무슨 일을 재치 있게 잘하거나 또는 공 같은 것을 재간 있게 놀림을 이르는 말

● 고양이 덕은 알고 며느리 덕은 알지 못한다
고양이가 쥐를 잡아서 이익을 준다는 것은 알면서도, 며느리가 자식을 낳고 집안일을 하는 것은 조금도 고맙게 여기지 않는다는 말

● 고양이 목에 방울 달기

실행하기 어려운 것을 공연히 의논함을 이르는 말

● 고양이 세수하듯

세수를 하되 콧등에 물만 묻히는 정도로 하나마나하게 함을 이르는 말, 또는 남이 하는 것을 흉내만 내고 그침을 이르는 말

● 고양이 앞에 쥐

두려워서 꼼짝 못 함을 두고 이르는 말

● 고양이 쥐 생각

마음속으로는 전혀 생각지도 않으면서 겉으로만 누구를 위하여 생각해 주는 척할 때 쓰는 말

● 고양이는 발톱을 감춘다

재주 있는 사람은 그 능력을 깊이 감추고 드러내지 않는다는 말

● 고양이에게 반찬 달란다

고기 반찬이라면 사족을 못 쓰는 고양이에게 반찬을 달라고 한다는 뜻으로, 상대편에게 절실하게 필요한 것을 달라고 함을 비유적으로 이르는 말

● 고양이 우산 쓴 격

격에 어울리지 않는 꼴불견을 비유적으로 이르는 말

● 고양이 죽는 데 쥐 눈물만큼

고양이가 죽었다고 쥐가 눈물을 흘릴 리 없다는 데서, 아주 없거나 있어도 매우 적을 때를 이르는 말

● 고양이 쥐 노리듯

무섭게 노려보는 모양을 이르는 말

● 고양이 쥐 생각

속으로는 해칠 마음을 품고 있으면서, 겉으로는 생각해 주는 척함을 이르는 말

● 고양이한테 생선을 맡기다

고양이한테 생선을 맡기면 고양이가 생선을 먹을 것이 뻔한 일이란 뜻으로, 어떤 일이나 사물을 믿지 못할 사람에게 맡겨놓고 마음이 놓이지 않아 걱정함을 비유적으로 이르는 말

● 고와도 내 님이요 미워도 내 님

좋으나 나쁘나 한 번 정을 맺은 다음에야 말할 것이 없다는 말

● 고욤 맛 알아 감 먹는다

비슷한 일에 대한 경험을 통해서 어떤 일을 하게 됨을 이르는 말

● 고욤이 감보다 달다

작은 것이 큰 것보다 오히려 알차고 질이 좋을 때 이르는 말

● 고운 사람 미운 데 없고, 미운 사람 고운 데 없다

한 번 좋게 보면 그 사람이 하는 일은 다 좋게만 보이고 한 번 나쁘게 보면 무엇이나 다 밉게만 보인다는 말

● 고운 일 하면 고운 밥 먹는다

남을 위하여 좋은 일을 하면 그에 따른 좋은 대가와 대접을 받게 되고 모진 일을 하면 나쁜 대가를 받게 된다는 뜻으로, 모든 일이 자기의 할 탓에 달려 있음을 비유적으로 이르는 말

● 고운 정 미운 정

오래 사귀는 동안에 서로 뜻이 맞기도 하고 맞지 아니하기도 하였으나 그런저런 고비를 모두 잘 넘기고 깊이 든 정을 비유적으로 이르는 말(=미운 정 고운 정)

● 고운 털이 박히다

곱게 여길 만한 남다른 점이 있다는 말

● 고인 물이 썩는다

흐르지 못하고 한곳에 고여 있는 물은 썩는다는 뜻으로, 사람은 부지런히 일하고 자기 자신을 발전시켜야지 그저 가만히 있으면 제자리에 머물러 있거나 남보다 뒤떨어지기 마련임을 비유적으로 이르는 말(=고인 물에 이끼가 낀다)

● 고자리 먹고 자란 호박 꼴

주글주글하고 뒤틀려 있는 모양을 이르는 말

● 고자쟁이가 먼저 죽는다

남에게 해를 입히려고 고자질하는 사람이 누구보다도 먼저 벌을 받는다는 말

● 고추가 커야만 매우랴

덩치가 크다고 하여 제구실을 다하는 것은 아님을 이르는 말

● 고추밭에 말 달리기

심술이 매우 고약함을 비유적으로 이르는 말(=애호박에 말뚝 박기)

● 고추밭을 매도 참이 있다

고추 밭매기처럼 헐한 일이라도 참을 준다는 뜻으로, 작은 일이라도 사람을 부리면 보수를 주어야 한다는 말

● 고추장 단지가 열둘이라도 서방님 비위를 못 맞춘다

성미가 몹시 까다로워 비위 맞추기가 힘들다는 말

● 곤장을 메고 매 맞으러 간다

스스로 화를 자초한다는 말

● 곧은 나무 먼저 찍힌다

똑똑한 사람 또는 정직한 사람이 오히려 남의 모함을 받기 쉽다는 말

● 곧은 창자다

거짓을 말할 줄 모르고 성격이 대쪽같이 강직한 사람을 이르는 말

● 곰이 가재 잡듯 한다

동작이 굼뜬 곰이 가재 잡듯이 게으른 사람이 느리게 행동하는 것을 보고 이르는 말

● 곱사등이 짐 지나 마나다
곱사등이가 짐을 져도 별 도움이 되지 않듯이 일을 해도 하지 않은 것이나 다름없다는 말

● 공것이라면 소도 잡아먹는다
공것 먹기를 매우 즐긴다는 말

● 공든 탑이 무너지랴
힘을 들여 한 일은 그리 쉽게 허사가 되지 않는다는 말

● 공연한 제사 지내고 어물값에 졸린다
하지 않아도 될 일을 공연히 하고 그 후환을 입게 되었다는 말

● 곶감 꼬치에서 곶감 빼먹듯 한다
애써 모아둔 것을 힘들이지 않고 하나 하나 갖다 먹어 없앤다는 말

● 과일 망신은 모과가 시킨다
못난 사람은 그가 속해 있는 단체의 여러 사람을 망신시키는 일만 저지른다는 말

- 관 짜놓고 죽기를 기다린다

  미리부터 관을 짜놓고 사람 죽기를 기다리듯이 지나치게 일을 서두른다는 말

- 광에서 인심 난다

  자기의 살림이 넉넉하고 유복해야 비로소 남의 처지를 동정하게 된다는 말

- 구관이 명관이다

  아무래도 오랜 경험을 쌓은 사람이 낫다는 말

- 구더기 무서워 장 못 담글까

  다소 방해물이 있더라도 마땅히 일을 해야 한다는 말

- 구렁이 담 넘어가듯 한다

  슬그머니 남모르게 얼버무려 넘기는 모양을 일컫는 말

- 구렁이 제 몸 추듯 하다

  자기 몸을 자랑하는 모양이나 속이 음흉하거나 능글맞은 사람을 비꼬아 일컫는 말

● 구르는 돌은 이끼가 안 낀다
부지런하고 꾸준히 노력하는 사람은 침체되지 않고 계속 발전 한다는 말

● 구름 없는 하늘에 비 올까
필요한 조건 없이 결과가 이루어지는 법이 없음을 강조하여 이르는 말

● 구름이 자주 끼면 비가 온다
일정한 징조가 있으면 그에 따르는 결과가 있기 마련임을 비유적으로 이르는 말

● 구멍 보아가며 말뚝 깎는다
무슨 일이고 간에 조건과 사정을 보아가며 거기에 알맞게 일을 해야 함을 비유적으로 이르는 말

● 구멍은 깎을수록 커진다
잘못된 일을 변명하고 얼버무리려고 하면 할수록 더욱 일이 어려워짐을 비유적으로 이르는 말

● 구슬이 서 말이라도 꿰어야 보배다

아무리 훌륭하고 좋은 것이라도 다듬고 정리하여 쓸모 있게 만들어놓아야 값어치가 있음을 비유적으로 이르는 말

● 국 쏟고 허벅지 덴다

한 가지 손해를 보게 되면 그에 연관된 것까지도 모두 손해를 보기 쉽다는 말

● 국이 끓는지 장이 끓는지

일이 어떻게 되어 가는지 도무지 영문도 모른다는 말

● 국화는 서리를 맞아도 꺾이지 않는다

절개나 의지가 매우 강한 사람은 어떤 시련에도 굴하지 아니하고 꿋꿋이 이겨냄을 비유적으로 이르는 말

● 군말이 많으면 쓸 말이 적다

하지 않아도 될 말을 이것저것 많이 늘어놓으면 그만큼 쓸 말은 적어진다는 뜻으로, 말을 삼가라는 의미

● 군밤 둥우리 같다

옷 입은 맵시가 깔끔하지 못하고 엉성함을 비유적으로 이르는 말

● 군밤에서 싹이 나겠다

군밤에서 절대로 싹이 날 수 없듯이 아무리 오래 기다려도 가망이 없는 일이라는 말

● 군불에 밥 짓기

어떤 일에 곁따라 다른 일이 쉽게 이루어지거나 또는 다른 일을 해냄을 비유적으로 이르는 말

● 군자는 입을 아끼고 범은 발톱을 아낀다

학식과 덕망이 높은 사람일수록 항상 말을 조심해서 한다는 말

● 굳은 땅에 물이 고인다

헤프지 않고 단단한 사람이 아껴서 재산을 모은다는 말

● 굴뚝에서 빼놓은 족제비 같다

지저분하고 가냘픈 사람을 비유적으로 이르는 말

● 굴러온 돌이 박힌 돌 뺀다

외부에서 들어온 지 얼마 안 되는 사람이 오래전부터 있던 사람을 내쫓거나 해치려 함을 비유적으로 이르는 말(=굴러온 돌한테 발등 다친다)

● 굴러온 호박이다

어디선가 호박이 굴러오듯이 뜻밖에 횡재하게 되었다는 말

(=호박이 넝쿨째 굴러 떨어졌다)

● 굴에 든 뱀 길이를 알 수 없다

남의 숨은 재주나 가지고 있는 보물은 얼마나 되는지 알 수가 없음을 비유적으로 이르는 말

● 굵은베가 옷 없는 것보다 낫다

아주 없는 것보다는 하찮은 것이라도 있는 것이 낫다는 말

● 굶기를 부잣집 밥 먹듯 한다

자주 굶는다는 말

● 굶어 보아야 세상을 안다

굶주릴 정도로 고생을 겪어 보아야 세상을 알게 된다는 말

● 굶은 개 부엌 들여다보듯

게걸스럽고 치사스럽게 남의 것을 바라는 모양을 욕으로 이르는 말

● 굼벵이도 구르는 재주가 있다

아무런 능력이 없는 사람이 남의 관심을 끌 만한 행동을 함을 놀림조로 이르는 말, 또는 무능한 사람도 한 가지 재주는 있음을 비유적으로 이르는 말

● 굼벵이도 밟으면 꿈틀거린다

아무리 보잘것없는 것이라도 너무 멸시하면 반항한다는 말

● 굽은 나무가 선산을 지킨다

자손이 빈한해지면 선산의 나무까지 팔아버리나 줄기가 굽어 쓸모없는 것은 그대로 남게 된다는 뜻으로, 쓸모없어 보이는 것이 도리어 제구실을 하게 됨을 비유적으로 이르는 말

● 굽은 지팡이는 그림자도 굽어 비친다

자기 본디의 모습이 좋지 아니한 것은 아무리 하여도 숨기지 못함을 비유적으로 이르는 말

● 굿 구경을 하려면 계면떡이 나오도록

무슨 일이든 착수를 하면 참고 견디어 끝장을 보아야 한다는 말

● 굿 뒤에 날장구 친다

일이 다 끝나거나 결정된 후에 이러쿵저러쿵하는 것을 비유적으로 이르는 말

● 굿 들은 무당 재 들은 중

자기가 평소에 매우 좋아하거나 원하던 일을 하게 되어 신이 나서 좋아하는 사람을 비유적으로 이르는 말

● 굿이나 보고 떡이나 먹지

남의 일에 쓸데없는 간섭 말고 이익이나 얻도록 하라는 말

● 굿하고 싶지만 맏며느리 춤추는 것 보기 싫다

무엇을 하려고 할 때 자기 마음에 들지 않는 미운 사람이 참여하여 기뻐함이 보기 싫어서 꺼려한다는 말

● 궁지에 몰린 쥐가 고양이를 문다

아무리 약한 놈이라도 죽을 지경에 이르면 강적에게 용기를 내어 달려든다는 말

● 궁하면 통한다

매우 어려운 처지에 놓이면 헤어날 도리가 생긴다는 말

● 귀 막고 방울 도둑질한다

어떤 옳지 못한 짓을 하고 그것이 알려질까 봐 자기가 자기 귀를 막아도 아무 효과가 없다는 말

● 귀머거리 삼 년이요, 벙어리 삼 년이라

여자가 출가하면 매사에 흉이 많으니 귀머거리가 되고 벙어리가 되어 한 삼 년을 살아야 한다는 말로, 곧 시집살이의 어려움을 일컬음

● 귀신 곡할 노릇

일이 매우 기묘하고 신통하다는 말

● 귀신 씨나락 까먹는 소리

보이지 않는 곳에서 몇 사람이 무엇이라 수군거리는 소리를 이르는 말

● 귀신도 모른다

지극한 비밀이라서 아무리 잘 아는 이라도 그 비밀을 모른다는 말

● 귀신도 빌면 듣는다
사람이면 남이 진심으로 사과하는 데 용서하지 않을 수 없다는 말

● 귀신도 사귈 탓이다
제아무리 무서운 귀신도 잘 사귀어놓으면 친하게 될 수 있듯이 사람도 사귀기에 달렸다는 말

● 귀신이 곡할 일이다
일이 하도 신기하게 되어 도무지 이상하다는 말

● 귀에 걸면 귀걸이 코에 걸면 코걸이
정해 놓은 것이 아니고 둘러댈 탓이라는 말

● 귀한 자식 매 한 대 더 때리고, 미운 자식 떡 한 개 더 주랬다
자녀 교육을 올바르게 하려면 당장 좋은 것이나 주고, 뜻을 맞추느니보다 귀할수록 버릇을 잘 가르쳐 길러야 한다는 말

● 그 아비에 그 아들
잘난 어버이에게서는 잘난 자식이, 못난 어버이한테서는 못난 자식이 태어난다는 말(=개가 개를 낳지)

● 그릇도 차면 넘친다

그릇도 어느 한계에 이르게 되면 넘치듯이 모든 일에는 한도가 있어서 이를 초과하면 하강하게 된다는 말

● 그물도 없이 고기만 탐낸다

아무런 도구도 없으면서 작업을 하려고 덤벼든다는 말로서, 일은 하지 않고 좋은 성과만 바란다는 의미

● 그물에 든 고기

이미 잡힌 몸이 되어 벗어날 수 없는 신세를 말함

● 그물이 열 자라도 벼리가 으뜸이다

아무리 수가 많더라도 주장되는 것이 없으면 소용이 없다는 말

● 금강산도 식후경이다

아무리 좋은 일이라도 배가 부르고 난 다음에야 좋은 줄 알지 배고프면 좋은 것도 경황이 없다는 말

● 급하면 관세음보살을 왼다

평소에는 등한히 하다가도 위급하게 되면 관세음보살을 왼다는 말이니, 일이란 평소에 해놓아 무슨 일이 생기더라도 뒷걱정을 없이 하라는 말

● 급하면 임금 망건 값도 쓴다

경제적으로 곤란에 빠지면 아무 돈이라도 있기만 하면 쓰게 된다는 의미

● 급할수록 돌아가랬다

급한 일일 경우에는 한없이 기다리기보다는 어렵더라도 돌아가는 편이 더 낫다는 말

● 급히 먹는 밥이 목에 멘다

일을 급히 하면 실패하기 쉽다는 말

● 기갈이 반찬이다

굶주렸을 때는 반찬이 좋건 나쁘건 상관없이 밥을 맛있게 먹는다는 말(=기갈이 감식이다)

- 기는 놈 위에 나는 놈이 있다

잘하는 사람 위에 더 잘하는 사람이 있다는 말이니 너무 자랑 말라는 말

- 기둥을 치면 대들보가 울린다

직접 말하지 않고 간접으로 넌지시 말해도 알아들을 수가 있다는 말

- 기름 엎지르고 깨 줍는다

많은 손해를 보고 조그만 이익을 추구한다는 말

- 기름에 물 탄 것 같다

언뜻 보기에는 비슷한 것 같아 보이지만 자세히 살펴보면 서로 화합이 되지 않는다는 말

- 기생오라비 같다

반들반들하게 모양을 내고 다니는 남자를 놀리는 말

- 기와 한 장 아끼다가 대들보 썩힌다

조그마한 것을 아끼다가 큰 손해를 본다는 말

● 기왕이면 다홍치마

동일한 조건이라면 자신에게 이익되는 것을 선택하여 가지겠다는 말

● 기운이 세면 소가 왕 노릇할까

힘이 세다 해도 지략이 없으면 남의 지도적 위치에서 설 수 없다는 말

● 긴 병(우환)에 효자 없다

아무리 효심이 두터워도 오랜 병구완을 하노라면 자연히 정성이 한결같지 않게 된다는 말

● 길 닦아놓으니까 미친년이 먼저 지나간다

애써서 일을 이루어놓으니까 달갑지 않은 놈이 먼저 이용한다는 말

● 길고 짧은 것은 대봐야 안다

대소 우열은 실제로 겨루거나 체험해 봐야 안다는 말

- 길마 무서워 소가 드러누울까

일을 할 때 힘이 부족할까 미리부터 걱정할 것이 아니라 조금씩이라도 하라는 말

- 길이 아니면 가지 말고 말이 아니면 탓하지 마라

사리에 어긋난 말이면 아예 참견하지도 말라는 말

- 김칫국부터 마신다

줄 사람은 생각도 안 하는데 받을 쪽에서 공연히 서두르며 덤빈다는 말

- 김칫국 채어 먹은 거지 떨듯

남들은 그다지 추워하지도 않는데 혼자 추워서 덜덜 떨고 있다는 말

- 깃 없는 어린 새 그 몸을 보전치 못한다

나이 어린 아이는 부모의 보호를 받지 않으면 자라나기 어려움을 비유적으로 이르는 말

- 깊은 물이라야 큰 고기가 논다

  깊은 물에 큰 고기가 놀 듯이 포부가 큰 사람이라야 큰 일도 하게 되고 성공을 하게 된다는 말

- 까기 전에 병아리 세지 마라

  일이 성사되기도 전에 일에서 생길 이익을 따지는 것이 좋지 아니하다는 말

- 까다롭기는 옹생원 똥구멍이라

  유별나게 까다로운 사람을 이르는 말

- 까마귀 고기를 먹었나

  잊어버리기를 잘하는 사람을 놀리거나 나무라는 말

- 까마귀 날자 배 떨어진다

  아무 관계없이 한 일이 공교롭게도 때가 같아 어떤 관계가 있는 것처럼 의심을 받게 됨을 비유적으로 이르는 말

- 까마귀 똥 헤치듯

  일을 잘 못하는 모양을 비유적으로 이르는 말

● 까마귀 모르는 제사

반포反哺로 이름난 까마귀도 모르는 작은 제사라는 뜻으로, 자손이 없는 쓸쓸한 제사를 비유적으로 이르는 말

● 까마귀 학이 되랴

아무리 애를 써도 타고난 본바탕은 할 수 없다는 말

● 까마귀가 까치집을 빼앗는다

서로 비슷하게 생긴 것을 빙자하여 남의 것을 빼앗음을 비유적으로 이르는 말

● 까마귀가 아저씨 하겠다

손발이나 몸에 때가 너무 많이 끼어서 시꺼멓고 더러운 것을 놀림조로 이르는 말(=까마귀와 사촌)

● 까마귀가 알 물어다 감추듯

까마귀가 알을 물어다 감추고 나중에 어디에 두었는지 모른다는 데서, 자기가 둔 물건이 있는 곳을 걸핏하면 잘 잊어버리는 경우를 비유적으로 이르는 말

● 까마귀도 내 땅 까마귀라면 반갑다

무엇이든지 고향 것이라면 반갑다는 말

● 까마귀 똥도 약이라니까 물에 갈긴다

흔한 물건도 막상 필요할 때는 구하기가 어렵다는 말

● 까막까치도 집이 있다

자기 집이 없는 처지를 한탄하는 말

● 깨가 쏟아진다

오붓하여 몹시 재미가 난다는 말

● 깨물어서 아프지 않은 손가락 없다

열 손가락 중 어느 하나도 깨물어서 아프지 않은 손가락이 없듯이, 자식이 아무리 많아도 부모에게는 모두 소중하다는 말

● 깨진 거울이다

아무리 좋은 물건이라도 한 번 못 쓰게 되면 소용이 없다는 뜻, 또는 부부간에 이혼을 하게 되었다는 말(=깨진 거울)

● 깨진 그릇 이 맞추기

한 번 그릇된 일은 다시 본래대로 돌리려고 애써도 돌릴 수 없음을 비유적으로 이르는 말

● 깨진 냄비와 꿰맨 뚜껑

각각 한 가지씩 허물이 있어 피차에 흉볼 수 없게 된 사이를 비유적으로 이르는 말

● 꼬딱지 둔다고 살이 될까

이미 잘못된 것을 그대로 둔다고 하더라도 다시 원상태로 바로잡을 수 없다는 말

● 꼬리가 길면 밟힌다

나쁜 일을 아무리 남모르게 한다고 해도 오랫동안 여러 번 계속하면 결국에는 들키고 만다는 것을 비유적으로 이르는 말

● 꽁지 빠진 새 같다

차림새가 볼품없고 어색함을 가리키는 말

● 꽁지 빠진 장닭 같다

겉으로 보기에 매우 추하고 초라한 모습을 이르는 말

● 꽃샘 잎샘에 반늙은이 얼어 죽는다

꽃 피고 잎이 나는 삼사월에는 날씨가 춥고 일기가 고르지 못함을 이르는 말

● 꿀 먹은 벙어리

마음속에 지닌 말을 발표하지 못하는 사람을 조롱하는 말

● 꿈보다 해몽이 좋다

좋고 나쁨은 풀이하기에 달렸다는 말

● 꿔다놓은 보릿자루

아무 말도 없이 우두커니 앉아 있는 사람을 일컫는 말

● 꿩 대신 닭도 쓴다

꼭 그것이 아니라도 비슷한 것이면 대신으로 쓸 수 있다는 말

● 꿩 먹고 알 먹는다

송두리째 한꺼번에 모든 이익을 보는 것을 이르는 말

(=일거양득)

● 꿩 잡는 것이 매다

꿩을 잡지 않으면 매라고 할 수가 없으니 실지로 제구실을 해야 명실상부名實相符하다는 말

● 끓는 국에 맛 모른다

급한 일을 당하면 사리 판단을 옳게 할 수 없다는 말

● 끝도 갓도 없다

일이 어떻게 되었는지 알 수 없이 불투명하게 되었다는 말

나

● 나 먹자니 싫고 개 주자니 아깝다

인색하기 짝이 없다는 말

● 나간 놈의 집구석 같다

한참 살다가 그대로 두고 나간 집같이 집안이 어수선하고 무질서하게 흐트러져 있다는 말

● 나간 사람 몫은 있어도 자는 사람 몫은 없다

게으른 사람에게는 무엇을 남겼다 줄 필요도 없다는 말

● 나귀는 제 귀 큰 줄을 모른다

누구나 남의 허물은 잘 알아도 자기 자신의 결함은 알기 어렵다는 의미

● 나는 닭 보고 따라가는 개 같다

날아가는 닭을 보고 개가 따라가도 소용이 없듯이 가망성이 전혀 없는 일을 가지고 헛수고만 하고 다닌다는 말

● 나는 '바담 풍' 해도 너는 '바람 풍' 해라

저는 잘못하면서 남만 잘하라고 하는 사람을 이르는 말

● 나는 새도 떨어뜨리고 닫는 짐승도 못 가게 한다

권세가 등등하여 모든 일을 마음대로 한다는 말

● 나도 덩더쿵 너도 덩더쿵

서로 타협하지 않고 저마다 버티고 있다는 말

● 나라 하나에 임금이 셋이다

한 집안에 어른이 여럿 있으면 일이 안 되고 분란만 생긴다는 말

● 나루 건너 배 타기

일의 순서가 뒤바뀌었다는 말

● 나무는 큰 나무 덕을 못 보아도 사람은 큰 사람의 덕을 본다

큰 사람한테서는 역시 음으로 덕을 입게 된다는 말

● 나무에 오르라 하고 흔드는 격

남을 불행한 구렁으로 끌어넣는다는 말

● 나이 이길 장사 없다

아무리 기력이 왕성한 사람도 나이 들면 체력이 쇠하는 것을 어찌할 수 없다는 말

● 나중 난 뿔이 우뚝하다

후배가 선배보다 나을 때 하는 말

● 나중에 삼수갑산을 갈지라도

일이 최악의 경우에 이를지라도 단행한다는 말

● 낙숫물이 댓돌을 뚫는다

처마에서 떨어지는 낙숫물에도 댓돌이 뚫리듯이 비록 약한 힘이라도 끈질기게 오랫동안 계속 노력하면 무슨 일이든지 안 되는 것이 없다는 말

● 날 잡아잡수 한다

무슨 말을 하든지 못들은 것처럼 딴청을 피우면서 말없이 반항하고 있다는 말

● 남 떡 먹는데 고물 떨어지는 걱정한다

쓸데없는 걱정을 하는 것을 이르는 말

● 남대문에서 할 말을 동대문에 가서 한다

말을 해야 할 자리에서는 하지 못하고 엉뚱한 자리에서 말을 한다는 말

● 남의 눈에 눈물 내면 제 눈에는 피눈물 난다

남에게 악한 일을 하면 반드시 저는 그보다 더 큰 죄를 받게 된다는 말

● 남의 다리 긁는다

나를 위해 한 일이 남 좋은 결과가 되었다는 말

● 남의 떡에 설 쇤다

남의 덕에 일이 이루어졌을 때 하는 말

● 남의 말 하기는 식은 죽 먹기

남의 잘못을 말하기는 매우 쉽다는 말

● 남의 말이라면 쌍지팡이 짚고 나선다

남에게 시비 잘 걸고, 나서는 사람을 일컫는 말

● 남의 밥에 든 콩이 굵어 보인다

남의 것은 항상 자기 것보다 좋게 보인다는 말

● 남의 사위 오거나 말거나

자기하고 전혀 관계가 없는 남의 일에는 관여할 필요가 없다는 말

● 남의 속에 있는 글도 배운다

눈에 안 보이는 남의 속에 있는 글도 배우는데 직접 보고 배우는 것이야 못할 것 없지 않느냐는 말

● 남의 싸움에 칼 뺀다

자기에게 아무 관계없는 일에 공연히 흥분하고 나선다는 말

● 남의 염병이 내 고뿔만 못 하다

남의 큰 걱정이나 위험도 자기와 관계없는 일이면 대단찮게 여긴다는 말

● 남의 잔치에 감놓아라 배놓아라 한다

쓸데없이 남의 일에 간섭한다는 말

● 남의 집 금송아지가 우리집 송아지만 못 하다

남의 좋은 물건보다 덜 좋은 내 물건이 더 실속 있다는 말

● 남의 집 제사에 절하기

관계없는 일에 참견하여 헛수고만 한다는 말

● 남의 피리 장단에 궁둥이 춤춘다

줏대 없이 굴거나 관계없는 남의 일에 덩달아 나서는 것을 이르는 말

● 남의 흉 한 가지면 제 흉 열 가지

사람은 흔히 남의 흉을 잘 보나 자기 흉은 따지고 보면 그보다 많으니 남의 흉을 보지 말라는 말

● 남의 흉이 제 흉이다

남의 잘못을 발견하거든 자신의 잘못으로 보고 고칠 줄 알아야 한다는 말

● 남이 장에 간다고 하니 거름 지고 나선다
주관 없이 남의 행동을 따라한다는 말

● 남자는 배짱이요 여자는 절개다
미덕으로서 남자는 사물에 대하여 두려움 없는 담력을, 여자는 세상 남자들에게 농락당하지 않는 깨끗한 절개가 으뜸이라는 말

● 낫놓고 기역자도 모른다
무식하기 짝이 없다는 말

● 낫으로 눈 가리는 격이다
폭이 좁고 가는 낫으로 눈을 가리고 자기 몸이 다 숨겨진 줄 안다 함이니 곧 숨기려 해도 숨기지 못한다는 말

● 낮말은 새가 듣고 밤말은 쥐가 듣는다
남이 안 듣는 곳에서도 말을 삼가야 한다는 말

● 낯바닥이 땅 두께 같다
아무리 자기가 잘못을 했어도 부끄러워할 줄 모르는 뻔뻔한 사람을 욕하는 말

● 내 것 주고 뺨 맞는다

이중의 손해를 볼 때 하는 말

● 내 돈 서 푼은 알고 남의 돈 칠 푼은 모른다

자기 것은 작은 것도 소중히 여기고 남의 것은 많은 것도 대수롭지 않게 여긴다는 말

● 내 물건이 좋아야 값을 받는다

자기의 지킬 도리를 먼저 지켜야 남에게 대접을 받는다는 말

● 내 발등의 불을 꺼야 아비 발등의 불을 끈다

급할 때는 남의 일보다 자기 일을 먼저 하기 마련이라는 말

● 내 손톱에 장을 지져라

무엇을 장담할 때 쓰는 말

● 내 칼도 남의 칼집에 들면 찾기 어렵다

자기의 물건이라도 남의 손에 들어가면 다시 찾기가 어렵다는 말

● 내 코가 석자다

자신이 궁지에 몰렸기 때문에 남을 도와줄 여유를 가지고 있지 않다는 의미

- 내가 할 말을 사돈이 한다

  내가 마땅히 할 말을 도리어 남이 한다는 말

- 냉수 먹고 된똥 눈다

  아무 쓸모도 없는 재료를 가지고 실속 있는 결과를 만들어낸다는 말

- 냉수 먹고 이 쑤시기

  실속은 없으면서 있는 체함을 이르는 말

- 너무 고르다가 눈 먼 사위 얻는다

  무엇을 너무 지나치게 고르면 도리어 나쁜 것을 고르게 된다는 말

- 노루 꼬리 길면 얼마나 길까

  실력이 있는 체해도 실상은 보잘것없음을 비유한 말

- 노루 잠자듯 한다

  잠을 깊이 자지 않고 자주 깬다는 노루처럼 잠을 조금밖에 못 잤다는 말

● 노루 잡는 사람에 토끼가 보이나

큰 것을 바라는 사람은 작은 일이 눈에 띄지 않는다는 말

● 노름에 미치면 신주도 팔아먹는다

노름에 깊이 빠져든 사람은 노름돈 마련을 위해 수단과 방법을 가리지 않고 나쁜 짓까지 해가면서 노름하게 된다는 말

● 노적가리에 불 지르고 싸라기 주워 먹는다

큰 것을 잃고 적은 것을 아끼는 사람을 말함

● 노처녀가 시집을 가려니 등창이 난다

오랫동안 벼르던 일이 막상 되려고 하니 뜻하지 않는 일이 생겨 방해가 된다는 말

● 노처녀더러 시집가라 한다

물어보나마나 좋아할 일을 쓸데없이 물어본다는 말

● 논 끝은 없어도 일한 끝은 있다

일을 하지 않으면 아무 성과가 없지만 일을 꾸준히 하게 되면 끝은 반드시 그 성과가 있다는 말

● 놀부 제사 지내듯 한다

놀부가 제사를 지낼 때 제물 대신 돈을 놓고 제사를 지내듯이 몹시 인색하고 고약한 짓을 한다는 말

● 농담이 진담된다

농담에도 평소 스스로 생각한 것이 섞여들 수 있기 때문에 진담으로 될 수 있다는 말

● 높은 가지가 부러지기 쉽다

높은 가지가 바람을 더 타기 때문에 부러지기가 쉽듯이 높은 지위에 있으면 오히려 몰락하기가 쉽다는 말

● 놓아먹인 말

길들이기가 어려운 사람을 일컫는 말

● 놓친 고기가 더 크다

먼저 것이 더 좋았다고 생각한다는 말

● 누운 소 똥 누듯 한다

무슨 일을 아무런 힘을 들이지 않고 쉽게 해내는 것을 말함

● 누울 자리 봐가며 발 뻗는다

다가올 일의 경과를 미리 생각해 가면서 시작한다는 말

● 누워 떡 먹기

일하기가 매우 쉽다는 말

● 누워서 침 뱉기

남을 해치려다가 도리어 자기에게 해로운 결과가 돌아온다는 말

● 누이 믿고 장가 안 간다

도저히 불가능한 일만 하려고 하고 다른 방책을 세우지 않는 어리석음을 말함

● 누이 좋고 매부 좋고

서로 다 좋다는 말

● 눈 가리고 아웅한다

얕은꾀를 써서 속이려고 한다는 말

● 눈 감으면 코 베어 먹을 인심

세상인심이 험악하고 믿음성이 없다는 말

● 눈 뜬 장님이다

눈으로 보고도 알지 못한 사람을 일컬음

● 눈 먼 탓이나 하지 개천 나무래 무엇하나

자기의 모자람을 한탄할 것이지 남을 원망할 것이 없다는 말

● 눈에는 눈으로 이에는 이로 대하랬다

눈을 빼면 다 같이 눈을 빼고 이를 빼거든 다 같이 이를 빼서 보복해야 한다는 말

● 눈으로 우물 메우기

눈으로 우물을 메우면 눈이 녹아서 허사가 되듯이 헛되이 애만 쓴다는 말

● 눈은 있어도 망울이 없다

세상일의 옳고 그름을 판단할 줄 모른다는 말

● 눈이 눈을 못 본다

자기 눈으로 자기 눈을 못 보듯이 자기 결함은 자기의 주관적인 안목에서는 찾아내기 어렵다는 말

● 눈치코치 다 안다

온갖 눈치를 다 짐작할 만하다는 말

● 눈치가 빠르면 절에 가도 젓국을 얻어먹는다

눈치가 있으면 어디로 가든지 군색한 일이 없다는 말

● 눈허리가 시어 못 보겠다

차마 볼 수 없을 정도로 하는 짓거리가 거만스럽고 도도하여 보기에 매우 아니꼽다는 말

● 뉘 집에 죽이 끓는지 밥이 끓는지 아나

여러 사람의 사정은 다 살피기 어렵다는 말

● 늙은 말이 콩 마다 할까

오히려 더 좋아한다는 말

● 늙은이 아이 된다

늙으면 행동이 아이들 같아진다는 말

● 늦게 배운 도둑질 날 새는 줄 모른다

늦게 배운 일에 매우 열중한다는 말

다

● 다 가서 문지방을 못 넘어간다

힘들여서 일은 하였으나 완전히 끝을 맺지 못하고 헛수고만 하였다는 의미

● 다 먹은 죽에 코 빠졌다

처음에는 아쉬워하던 것을 배가 부르니까 불평한다는 말

● 다 팔아도 내 땅이다

어떻게 하더라도 나중에 가서는 내 이익으로 되므로 손해 볼 염려는 하나도 없다는 의미

● 다리 아래서 원님을 꾸짖는다

직접 말을 못 하고 안 들리는 곳에서 불평이나 욕하는 것을 이르는 말

● 다리가 위에 붙었다

몸체의 아래에 붙어야 할 다리가 위에 붙어서 쓸모없듯이 일이 반대로 되어 아무짝에도 소용이 없다는 말

● 다시 긷지 않겠다고 우물에 똥 눌까

다시 안 볼 것 같지만 얼마 안 가서 그 사람에게 청할 것이 생긴다는 말

● 다음에 보자는 놈 무서운 놈 없다

일을 미루기만 하는 사람은 결국 일을 마무리하지 못한다는 말

● 단맛 쓴맛 다 보았다

세상살이의 즐거움과 괴로움을 모두 겪었다는 말

● 달걀로 바위 치기

맞서서 도저히 이기지 못한다는 말

● 달걀에도 뼈가 있다

부드러운 달걀 속에도 뼈가 있을 수 있듯이 안심했던 일에서 오히려 실수하기 쉬우니 항상 신중을 기하라는 말

● 달리는 말에 채찍질한다

형편이나 힘이 한창 좋을 때 더욱 힘을 가한다는 말로, 힘껏 하는데도 자꾸 더 하라고 할 때 쓰는 말

● 달면 삼키고 쓰면 뱉는다

신의나 지조를 돌보지 않고 자기에게 이로우면 잘 사귀어 쓰나 필요치 않게 되면 배척한다는 말

● 달밤에 삿갓 쓰고 나온다

미운 사람이 더 미운 짓만 한다는 말

● 달보고 짖는 개

어리석은 사람의 말이나 행동을 비유해서 하는 말

● 달은 차면 기운다

모든 것이 한 번 번성하고 가득 차면 다시 쇠퇴한다는 말

● 닭 소 보듯 소 닭 보듯

서로 보기만 하고 아무 말을 않는 것, 또는 서로 의가 상해서 친한 사이라도 남처럼 대하는 것을 말함

● 닭 잡아 겪을 나그네 소 잡아 겪는다

처음에 소홀히 함으로써 결과가 매우 어렵게 된 경우를 말함

● 닭 잡아먹고 오리 발 내놓기

옳지 못한 일을 저질러놓고 엉뚱한 수작으로 속여 넘기려 하는 일을 비유적으로 이르는 말

● 닭 쫓던 개 지붕 쳐다보듯

일이 실패하여 어찌할 수가 없음을 비유하는 말

● 닭벼슬이 될 망정 쇠꼬리는 되지 마라

크고 훌륭한 자의 뒤꽁무니가 되는 것보다는 차라리 작고 보잘것없는 데서 우두머리가 되는 것이 좋다는 말

● 닭쌈에도 텃세한다

어디에나 텃세는 있다는 말

● 닭이 천이면 봉이 한 마리

여럿이 모인 데는 반드시 뛰어난 사람도 있다는 말

● 담벼락하고 말하는 셈이다
알아듣지 못하는 사람에게는 아무리 말해도 소용이 없다는 말

● 닷새 굶어 도둑질 않는 놈 없다
사람이 극도로 굶주리게 되면 도둑질도 불사하게 된다는 말

● 당기는 불에 검불 집어넣는다
불이 한창 타는데 검불을 넣으면 바로 타서 없어지듯이 어떤 것을 아무리 주어도 제대로 지탱하지 못하는 것을 이르는 말

● 당나귀 귀 치레하듯 한다
쓸데없는 데에 어울리지 않도록 장식하고 꾸미는 것을 이르는 말

● 당장 먹기엔 곶감이 달다
당장에 좋은 것은 한 순간뿐이고 참으로 좋고 이로운 것이 못 된다는 말

● 대가리 삶으면 귀까지 익는다
제일 중요한 것만 처리하면 다른 것은 자연히 해결된다는 말

● 대가리 피도 안 말랐다
아직 나이 어리고 철들지 못했다는 말

● 대동강 팔아먹을 놈
욕심 사납고 엉뚱한 짓을 잘하는 사람을 보고 하는 말

● 대문은 넓어야 하고 귓문은 좁아야 한다
남의 말은 듣되 유익한 것과 해로운 것을 구별할 줄 알아야 한다는 말

● 대신 댁 송아지 백정 무서운 줄 모른다
자기 주인의 세력을 믿고 안하무인 격인 거만한 행동을 하는 사람을 두고 하는 말

● 대장장이 식칼이 논다
마땅히 있음직한 곳에 오히려 없는 경우를 비유하여 쓰는 말

● 대천 바다도 건너봐야 안다
일이고 사람이고 실제로 겪어보아야 그 참모습을 알 수 있다는 말

● 대추 씨 같다
키는 작지만 성질이 야무지고 단단하여 빈틈이 없는 사람이라는 말

● 대추나무 방망이다
대추나무로 만든 방망이같이 단단하여 어렵고 힘든 일이라도 능히 참고 견딜 수 있다는 말

● 대추나무에 연 걸리듯 하다
여러 곳에 빚을 많이 걸머졌음을 비유하는 말

● 더운 밥 먹고 식은 말 한다
하루 세 끼 더운 밥 먹고 살면서 실없는 소리만 한다는 말

● 더위도 큰 나무 그늘에서 피하랬다
높은 지위에 있는 사람이나 돈이 많은 사람에게 의지해서 살아야 조그마한 덕이라도 볼 수 있다는 의미

● 덕은 닦은 대로 가고 죄는 지은 대로 간다
덕을 베푼 사람에게는 보답이 돌아가고 죄를 지은 사람에게는 벌이 돌아가게 된다는 말

● 도깨비 대동강 건너듯 하다

일의 진행이 눈에는 잘 띄지는 않지만, 그 결과가 빨리 나타나는 것을 이르는 말

● 도깨비장난 같다

하는 것이 분명하지 아니하여 갈피를 잡을 수 없다는 말

● 도깨비도 수풀이 있어야 모인다

의지할 곳이 있어야 무슨 일이나 이루어진다는 말

● 도깨비에게 홀린 것 같다

어떤 영문인지 일의 내막을 전혀 몰라 정신을 차릴 수 없다는 말

● 도끼가 제 자루 못 찍는다

자기 허물을 자기가 알아서 고치기 어렵다는 말

● 도끼 자루 썩는 줄 모른다

시간 가는 줄을 모른다는 말

- 도덕은 변해도 양심은 변하지 않는다

  사회가 발전됨에 따라 도덕은 편의대로 변할 수 있지만 인간의 양심은 세월이 가도 변할 수 없다는 말

- 도둑놈 개 꾸짖듯 한다

  남에게 들리지 않게 입 속으로 중얼거림을 말함

- 도둑놈 문 열어준 셈

  스스로 재화를 끌어들인 격이라는 말

- 도둑은 뒤로 잡으랬다

  도둑을 선불리 앞에서 잡으려다가는 직접적으로 해를 당할 수 있기 때문에 뒤로 잡아야 한다는 말

- 도둑을 맞으려면 개도 안 짖는다

  뜻밖에 손재를 당하려면 악운이 겹친다는 말

- 도둑의 때는 벗어도 자식의 때는 못 벗는다

  도둑의 누명은 범인이 잡히면 벗을 수 있으나 자식의 잘못은 그 부모가 지지 않을 수 없다는 말

● 도둑의 씨가 따로 없다

도둑은 조상 때부터 유전되어 온 것이 아니므로 누구나 악한 마음만 가지면 도둑이 된다는 말

● 도둑이 제 발 저리다

지은 죄가 있으면 자연히 마음이 조마조마하여짐을 비유적으로 이르는 말

● 도둑질을 해도 손발이 맞아야 한다

무슨 일을 하든지 자기에게 알맞은 도움이 있어야 이룩할 수 있다는 말

● 도둑집 개는 짖지 않는다

윗사람이 나쁜 짓을 하면 아랫사람도 자기 할 일을 잊어버리고 태만하게 있다는 말

● 도랑 치고 가재 잡는다

한 가지 일에 두 가지의 이득이 생겼다는 말

● 도마에 오른 고기

어찌할 수 없는 운명을 일컫는 말

● 도토리 키 대보기다

서로 별 차이가 없는 처지인데도 불구하고 서로들 자기가 잘났다고 떠든다는 의미

● 독 안에 든 쥐다

아무리 애써도 벗어나지 못하고 꼼짝할 수 없는 처지에 이르렀음을 말함

● 독불장군獨不將軍 없다

아무리 잘난 사람이라도 자기 혼자로는 지휘관으로서 역할을 수행할 수 없다는 말

● 독을 보아 쥐를 못 잡는다

독 사이에 숨은 쥐를 독 깰까 봐 못 잡듯이 감정 나는 일이 있어도 곁에 있는 사람 체면을 생각해서 자신이 참는다는 말

● 돈 떨어지자 입맛 난다

무엇이나 뒤가 달리면 아쉬워지고 생각이 더 간절해진다는 말

● 돈 모아줄 생각 말고 자식 글 가르쳐라

황금도 학문만은 못 하므로 가장 크고 훌륭한 유산은 지식과 덕망이라는 말

● 돈만 있으면 귀신도 사귈 수 있다

돈만 가지면 세상에 못할 일이 없다는 말

● 돈에 침 뱉는 놈 없다

어느 사람이나 돈은 중하게 여긴다는 말

● 돋우고 뛰어야 복사뼈라

날뛰어봐야 별것이 아니라는 말

● 돌절구도 밑 빠질 날이 있다

아무리 단단한 것도 결단이 날 때가 있다는 말

● 돌다리도 두들겨보고 건너라

모든 일에 안전한 길을 택하여 후환이 없도록 한다는 말

● 돌부리를 차면 발부리만 아프다

쓸데없이 성을 내면 자기만 해롭다는 말

● 동냥은 안 주고 쪽박만 깬다

요구하는 것은 주지 않고 나무라기만 한다는 말

● 동네북이냐

이 사람 저 사람에게 놀림을 당하는 것을 이르는 말

● 동네 색시 믿고 장가 못 간다

터무니없는 것을 믿다가 일을 그르치게 된다는 말

● 동네 송아지는 커도 송아지란다

항상 눈앞에 두고 보면 자라나고 변하는 것을 알아보기 어렵다는 말

● 동녘이 훤하면 날 새는 줄 안다

해가 뜨면 아침인 줄 알고 해가 지면 밤인 줄 아는 겨우 그 정도의 어리석은 사람을 이르는 말

● 동무 따라 강남 간다

하고 싶지도 않은 일을 친구에게 끌려 같이 간다는 말

● 동헌에서 원님 칭찬하듯 하다

사실은 칭찬할 것도 없는데 공연히 꾸며서 칭찬하는 것을 말함

● 되 글을 가지고 말 글로 써먹는다

글을 조금 배워 가지고 가장 효과 있게 써먹는다는 말

● 되로 주고 말로 받는다

남을 조금 건드렸다가 크게 앙갚음 당함을 이르는 말

● 될성부른 나무는 떡잎부터 알아본다

장래성이 있는 사람은 어릴 때부터 다른 데가 있다는 말

● 두 손 털고 나선다

어떤 일에 실패하여 가지고 있던 것을 다 잃고 아무것도 남은 것이 없게 되었다는 말

● 두 손뼉이 맞아야 소리가 난다

무엇이든지 상대가 있어야 하며 혼자서는 하기가 어렵다는 말

● 두꺼비 씨름하듯 한다

서로 힘이 비슷하여 아무리 싸우더라도 승부가 나지 않는 것처럼 피차 매일반이라는 말

- 두꺼비 파리 잡아먹듯 한다

  무엇이고 닥치는 대로 사양 않고 받아 마시는 것을 이르는 말

- 두레박은 우물 안에서 깨진다

  정든 고장은 떠나기 어렵듯이 한 번 몸에 밴 직업은 죽을 때까지 종사하게 된다는 말

- 두부 먹다 이 빠진다

  방심하는 데서 뜻밖의 실수를 한다는 말

- 둘러치나 메어치나 매일반이다

  수단과 방법은 달라도 결과가 마찬가지라는 말

- 둘이 먹다 하나가 죽어도 모르겠다

  음식이 매우 맛있다는 말

- 둥근 돌은 구르나 모난 돌은 박힌다

  성격이 원만한 사람은 재물을 지키지 못하지만 성미가 급하고 날카로운 사람은 재물을 지킨다는 말

● 뒤웅박 차고 바람 잡는다

맹랑하고 허황된 짓을 하는 사람을 이르는 말

● 뒷간과 사돈집은 멀어야 한다

뒷간은 가까우면 냄새가 나고 사돈집은 가까우면 이러쿵저러쿵 말이 많으므로 그것을 경계한 말

● 뒷간에 갈 적 마음 다르고 올 적 마음 다르다

자기 사정이 급할 때는 다급하게 굴다가 자기 할 일 다하면 마음이 변한다는 말

● 뒷구멍으로 호박씨 깐다

겉으로는 얌전한 척하면서 속으로는 음흉한 것을 이르는 말

● 드는 정은 몰라도 나는 정은 안다

대인 관계에서 정이 드는 것은 의식하지 못해도 싫어질 때는 바로 느낄 수 있다는 말

● 드문드문 걸어도 황소걸음이다

속도는 느리지만 일은 착실히 해나간다는 말

● 듣기 좋은 꽃노래도 한두 번이다

좋은 말이라도 되풀이하면 듣기 싫다는 말

● 들어서 죽 쑨 놈은 나가도 죽 쑨다

집에서 늘 일하던 사람은 다른 곳에 가도 일만 하게 된다는 말

(=집에서 새는 바가지는 들에 가도 샌다)

● 들으면 병이요 안 들으면 약이다

걱정되는 일은 차라리 아니 듣는 것이 낫다는 말

● 들은 풍월 얻은 문자다

자기가 직접 공부해서 배운 것이 아니라 보고 들어서 알게 된 글이라는 말

● 등잔 밑이 어둡다

가까운 곳에서 생긴 일을 잘 모른다는 말

● 등잔불에 콩 볶아먹는 놈

어리석고 옹졸하며 하는 짓마다 보기에 답답한 일만 하는 사람을 두고 이르는 말

● 등치고 간 내 먹는다

겉으로는 제법 위하는 척하면서 실상으로는 해를 끼친다는 말

● 디딜방아질 삼 년에 엉덩이춤만 배웠다

디딜방아질을 오랫동안 하다 보면 엉덩이춤도 절로 추게 된다는 말

● 따놓은 당상이다

확정된 일이니 염려 없다는 말

● 딸이 셋이면 문 열어놓고 잔다

딸이 여럿이면 재산이 다 없어진다는 말

● 땅 넓은 줄은 모르고 하늘 높은 줄만 안다

키가 홀쭉하게 크고 마른 사람을 보고 하는 말

● 땅 짚고 헤엄치기

쉽고 안전하여 실패할 염려가 없다는 말

● 때리는 시어머니보다 말리는 시누이가 더 밉다

가장 자기를 위해 주는 듯이 하면서도 속으로는 해하려는 사람이 가장 밉다는 비유

● 떠들기는 천안天安 삼거리 같다

늘 끊이지 않고 떠들썩한 것을 말함

● 떡 본 김에 제사 지낸다

우연히 운 좋은 기회에, 하려던 일을 해치운다는 말

● 떡 주무르듯 한다

먹고 싶은 떡을 자기 마음대로 주무르듯이 무슨 일을 자기가 하고 싶은 대로 하며 산다는 말

● 떡줄 사람은 생각하지도 않는데 김칫국부터 마신다

상대편은 생각하지도 않는데 자기가 지레짐작으로 된 일로 생각하고 행동한다는 말

● 떡국값이나 해라

나잇값이나 제대로 하라는 말

● 떡도 먹어본 사람이 먹는다

무슨 일이나 경험이 풍부한 사람이라야 그 일을 능숙하게 한다는 의미

● 떡방아 소리 듣고 김칫국 찾는다

준비가 너무 지나치게 빠르다는 말

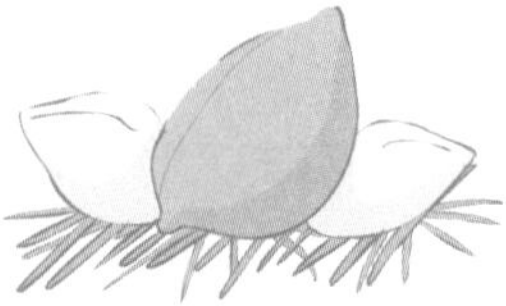

● 똥 누러 갈 적 마음 다르고 올 적 마음 다르다

사람의 마음은 한결같지 않아서 자기가 아쉽고 급할 때는 애써 다니다가 그 일이 끝나면 모르는 체하고 있다는 말

● 똥 먹던 개는 안 들키고 재 먹던 강아지는 들킨다

크게 나쁜 일을 저지른 자는 오히려 버젓하게 살고 있는데 죄 없는 사람이 죄를 뒤집어쓴다는 말

● 똥 묻은 개가 겨 묻은 개 나무란다

제게는 큰 흉이 있는 사람이 도리어 작은 흉 가진 이를 조롱한다는 말

● 똥 싼 놈이 성낸다

잘못은 자기가 저질러놓고 오히려 화를 남에게 낸다는 말

- 똥 싼 주제에 매화타령 한다

  잘못하고도 뉘우치지 못하고 비위 좋게 행동하는 사람을 비웃는 말

- 똥구멍으로 호박씨 깐다

  겉으로는 어수룩해 보이나 속이 음흉하여 딴짓하는 것을 말함

- 똥구멍이 찢어지게 가난하다

  매우 가난하다는 말

- 똥 누고 밑 안 씻은 것 같다

  뒤끝을 맺지 못하여 꺼림칙하다는 말

- 똥은 건드릴수록 구린내만 난다

  악한 사람과는 접촉할수록 불쾌한 일이 생긴다는 말

- 똥이 무서워 피하나 더러워서 피하지

  악하거나 더러운 사람은 상대하여 겨루는 것보다 피하는 것이 낫다는 말

● 뚝배기보다 장맛이 좋다

겉모양보다 내용이 훨씬 낫다

● 뜨거운 국에 맛 모른다

사리를 알지 못하고 날뛰거나 혹은 무턱대고 행동하는 사람을 가리키는 말

● 뜨고도 못 보는 당달봉사

무식하여 전혀 글을 못 본다는 말

● 뜨물 먹고 주정한다

술도 먹지 않고 공연히 취한 체하면서 주정을 한다는 말, 또는 거짓말을 몹시 한다는 말

● 뜬쇠도 달면 어렵다

성질이 온화하고 착한 사람도 한 번 노하면 무섭다는 말

마

● 마누라 자랑은 팔불출의 하나다

자기 아내를 자랑하는 것은 여덟 가지 못난 짓 중에 하나라는 말

● 마누라가 귀여우면 처갓집 쇠말뚝 보고도 절한다

아내가 사랑스럽고 소중한 마음이 생기면 처갓집의 것은 무엇이나 다 사랑스러워진다는 말

● 마소 새끼는 시골로 보내고 사람의 자식은 서울로 보내라

말은 나면 제주도로 보내고 사람은 나면 서울로 보내라는 말

● 마음에 있어야 꿈을 꾸지

도무지 생각이 없으면 꿈도 안 꾸어진다는 말

● 마음은 굴뚝같다

속으로는 하고 싶은 마음이 많다는 말

● 마파람에 게 눈 감추듯

음식을 언제 먹었는지 모를 만큼 빨리 먹어버림을 이르는 말

● 맏딸은 세간 밑천이다

맏딸은 시집가기 전까지 집안 살림을 도와주기 때문에 밑천이 된다는 말

● 말 많은 집이 장맛도 쓰다

말 많은 집안은 살림이 잘 안 된다는 말

● 말 안 하면 귀신도 모른다

무슨 일이든 말을 해야 안다는 말

● 말 타면 경마 잡히고 싶다

사람의 욕심이란 한이 없다는 말

● 말 한 마디로 천 냥 빚도 갚는다

말을 잘 하면 어려운 일이나 불가능한 일도 해결할 수 있다는 말

● 말꼬리의 파리가 천 리 간다

남의 세력에 기운을 편다는 말

● 말똥에 굴러도 이승이 좋다

아무리 고생을 하고 천하게 살더라도 죽는 것보다는 낫다는 말

● 말로 주고 되로 받는다

많이 주고 적게 받아 항상 손해만 보게 된다는 말

● 말은 할수록 늘고, 되질은 할수록 준다

말은 퍼질수록 보태어지고, 물건은 옮겨갈수록 줄어든다는 말

● 말은 해야 맛이고, 고기는 씹어야 맛이다

말은 하는 데 묘미가 있고 음식은 씹는 데 참맛이 있다는 말로
마땅히 할 말은 해야 된다는 뜻

● 말이 많으면 쓸 말이 적다

말이 많으면 오히려 효과가 적다는 말

● 맑은 물에 고기 안 논다
너무 청렴하면 뇌물이 없다는 말, 또는 사람이 너무 깔끔하면 재물이 따르지 않는다는 말

● 맛없는 국이 뜨겁기만 하다
못된 사람이 오히려 까다롭게 군다는 말

● 맛 좋고 값싼 갈치자반
한 가지 일로 두 가지 이익을 얻을 때 하는 말

● 망건 쓰고 세수한다
일의 순서가 뒤바뀌었다는 말

● 망건 쓰자 파장된다
일이 늦어져 소기의 목적을 이루지 못함을 이르는 말

● 망둥이가 뛰니까 꼴뚜기도 뛴다
남이 하니까 멋도 모르고 따라서 함을 이르는 말

● 망신살이 무지갯살 뻗치듯 한다
많은 사람으로부터 심한 원망과 욕을 먹게 되었을 때 쓰는 말

● 망신하려면 아버지 이름자도 안 나온다

망신을 당하려면 내내 잘 되던 일도 틀어진다는 말

● 망치로 얻어맞고 홍두깨로 친다

복수란 언제나 자기가 받은 피해보다 더 무섭게 한다는 말

● 맞기 싫은 매는 맞아도 먹기 싫은 음식은 못 먹는다

음식이란 먹기 싫으면 아무리 먹으려 해도 먹을 수가 없다는 말

● 매 앞에 장사 없다

아무리 힘센 사람이라도 때리는 데는 꼼짝없이 굴복하게 된다는 말

● 매도 먼저 맞는 놈이 낫다

당해야 할 일은 먼저 치르고 나는 것이 낫다는 말

● 매사는 불여튼튼

어떤 일이든지 튼튼히 해야 한다는 말

● 맥도 모르고 침통 흔든다

사리나 내용도 모르고 무턱대고 덤빈다는 말

● 맹물 먹고 속 차려라

찬물을 먹고 속을 식혀서 다시 바른 마음을 갖도록 하라는 말

● 머리 검은 짐승은 구제를 말랬다

사람들 중에는 짐승보다도 남의 은혜를 모르는 뻔뻔한 사람도 있으므로 이런 사람은 아예 구제도 해주지 말라는 말

● 먹은 소가 똥을 누지

공을 들여야 효과가 있다는 말

● 먹을 가까이 하면 검어진다

못된 사람과 같이 어울려 다니면 그와 같은 좋지 못한 행실에 물든다는 말

● 먹을 때는 개도 안 때린다

음식을 먹는 사람을 때리거나 꾸짖지 말라는 말

● 먹지 않는 씨아에서 소리만 난다

못난 사람일수록 잘난 체하고 큰소리 침을 비유적으로 이르는 말, 또는 아무 일도 하지 않으면서 하는 체하고 떠벌리기만 함을 비유적으로 이르는 말

*씨아 : 목화씨 빼는 기구

● 먹지도 못하는 제사에 절만 죽도록 한다

아무 소득이 없는 일에 수고만 한다는 말

● 먼 사촌보다 가까운 이웃이 낫다

남이지만 이웃에 사는 사람은 평상시나 위급한 때에 도와줄 수 있어 먼 데 사는 친척보다 더 낫다는 말

● 메기가 눈은 작아도 저 먹을 것은 안다

아무리 어리석고 우둔한 사람이라도 저에게 유리한 것은 잘 알아본다는 말

● 메뚜기도 오뉴월이 한철이다

제때를 만난 듯이 날뛰는 자를 풍자하는 말

● 며느리 사랑은 시아버지, 사위 사랑은 장모

며느리는 보통 시아버지의 귀염을 받고 사위는 장모가 위한다는 말

● 명태 한 마리 놓고 딴전 본다

곁에 벌여놓고 있는 일보다는 딴벌이 하는 일이 있다는 말

● 모기 다리의 피 뺀다

교묘한 수단으로 없는 데서도 긁어내거나 빈약한 사람을 착취한다는 말

● 모기한테 칼 빼기

시시한 일에 성냄을 가리키는 말

● 모난 돌이 정 맞는다

말과 행동에 모가 나면 미움을 받는다는 말

● 모래 위에 물 쏟는 격

소용없는 일을 함을 뜻하는 말

● 모로 가도 서울만 가면 된다

수단과 방법을 가리지 않고 목적만 이루면 된다는 말

● 모르는 게 약이요, 아는 게 병이다

아무것도 아는 것이 없으면 도리어 마음이 편하여 좋으나, 무얼 좀 알고 있으면 걱정거리가 되어 해롭다는 말

● 모진 놈 옆에 있다가 벼락 맞는다

모진 사람하고 같이 있다가 그 사람에게 내린 화를 같이 입는다는 말

● 모처럼 태수가 되니 턱이 떨어진다

목적한 일이 모처럼 달성되었는데 그것이 헛일이 되고 말았다는 말

● 목마른 놈이 우물 판다

자기가 급해야 서둘러 일을 시작한다는 말

● 목구멍이 포도청이다

먹는 일 때문에 해서는 안 될 일까지 한다는 말

● 못 입어 잘난 놈 없고 잘 입어 못난 놈 없다

옷차림의 중요성을 나타낸 말

● 못된 송아지 엉덩이에 뿔이 난다

사람답지 못한 사람이 교만한 행동을 한다는 말

● 못된 일가 항렬만 높다

쓸데없는 친척이 촌수만 높다는 말

● 못 먹는 감 찔러나 본다

일이 제게 불리할 때에 심술을 부려 훼방한다는 말

● 못생긴 며느리 제삿날에 병난다

미운 사람이 더욱 미운 짓만 한다는 말

● 무당이 제 굿 못 하고 소경이 저 죽을 날 모른다

자기가 할 일을 처리하기는 힘들다는 말

● 무른 땅에 말뚝 박기

일하기 쉽다는 말

● 무소식이 희소식이다

객지에 가 있는 사람이 아무 소식도 전해 주지 않는 것은 어떤 사고나 실패가 없다는 증거이므로 오히려 희소식이라는 말

● 무쇠도 갈면 바늘 된다

꾸준히 노력하면 아무리 어려운 일도 이룰 수 있다는 말

● 무자식이 상팔자다

자식 때문에 괴로움이 많음을 이르는 말

● 문전 나그네 흔연대접

어떤 신분의 사람이라도 자기를 찾아온 사람은 친절히 대하라는 말

● 물 본 기러기 꽃 본 나비

바라던 바를 이루어 득의양양함을 이르는 말

● 물 위에 기름

서로 융화하지 않는 것을 이르는 말

● 물동이 이고 하늘 보기

동이를 머리에 이고 하늘을 보면 동이에 가려서 하늘이 보일 리 없듯이 어리석은 행동을 한다는 말

● 물 밖에 난 고기

죽고 사는 운명이 이미 결정되어 있다는 말

(=도마 위에 오른 고기)

● 물방아 물도 서면 언다

물방아가 정지하고 있으면 그 물도 얼듯이 사람도 운동을 하지 않고 있으면 건강이 나빠진다는 말

● 물불을 가리지 않는다

어떠한 위험이라도 헤아리지 않고 뛰어드는 저돌적인 행동을 이르는 말(=물인지 불인지 모른다)

● 물에 물 탄 듯 술에 술 탄 듯하다

그 효과와 변화가 조금도 없음을 뜻하는 말

● 물에 빠지면 지푸라기도 잡는다

사람이 위급한 일을 당하면 보잘것없는 이에게라도 의지하려 한다는 말

● 물에 빠진 놈 건져놓으니까 봇짐 내라 한다

남에게 신세를 지고 그것을 갚기는커녕 도리어 그 은인을 원망한다는 말

● 물에 빠진 새앙쥐

몸이 흠뻑 젖어 있음을 말함

● 물에도 체한다

방심하다가는 큰 실수를 할 수 있으므로 사소한 일이라도 조심성 있게 하라는 말

● 물은 건너보아야 알고 사람은 지내보아야 안다

사람은 겉으로만 보아서 그 속을 잘 알 수 없으므로 실제로 겪어봐야 바로 안다는 말

● 물은 트는 대로 흐른다

사람은 가르치는 대로 따라 교화되고 일은 사람이 주선하는 대로 된다는 말

● 물이 깊어야 고기가 모인다

자기 덕이 커야 남이 많이 따른다는 말

● 물이 깊을수록 소리가 없다

덕망이 높고 생각이 깊은 사람일수록 잘난 체하거나 아는 체 떠벌이지 않는다는 말

● 물이 아니면 건너지 말고 인정이 아니면 사귀지 말라

사람을 사귈 때 인정으로 사귀지 잇속이나 다른 목적으로 교제할 것이 아니라는 말

● 미꾸라지 용 되었다

가난하고 보잘것없던 사람이 크게 되었다는 말

● 미꾸라지 한 마리가 온 물을 흐린다

나쁜 사람 하나가 온 집안이나 온 세상을 더럽히고 어지럽게 한다는 말

● 미운 털이 박혔다

몹시 미워하며 못살게 구는 것을 비웃는 말

● 미운 놈 떡 하나 더 준다

미운 사람일수록 더 잘 대우해 주어 호감을 갖도록 한다는 말

● 미친년이 달밤에 널뛰듯 한다

무슨 일이든 행동이 몹시 경솔하고 침착하지 못한 사람을 가리키는 말

● 미친 체하고 떡판에 엎드린다

잘못인 줄 알면서도 욕심을 부리는 것을 말함

● 믿는 도끼에 발등 찍힌다

아무 염려 없다고 믿고 있던 일이 뜻밖에 실패한다는 말로, 믿고 있던 사람한테 도리어 해를 입었을 때 쓰는 말

● 밀가루 장사하면 바람 불고 소금 장사하면 비가 온다

운수가 사나우면 당하는 일마다 공교롭게 안 된다는 말

● 밑 빠진 독에 물붓기다

아무리 하여도 끝이 없고 보람도 보이지 않는 경우에 쓰는 말

● 밑도 끝도 없다

시작도 끝맺음도 없다 함이니 까닭도 모를 말을 불쑥 꺼낸다는 말

바

● 바가지를 긁는다

아내가 남편에게 불평 섞인 잔소리를 늘어놓는다는 말

● 바늘 가는데 실 간다

서로 밀접한 관계가 있는 것끼리 떨어지지 아니하고 항상 따른다는 말

● 바늘구멍으로 하늘 보기

견문이 좁은 사람을 이르는 말

● 바늘구멍으로 황소바람 들어온다

추울 때는 아무리 작은 문구멍으로 새어 들어오는 바람도 몹시 차다는 말

● 바늘도둑이 소도둑 된다

아주 작은 도둑이 자라서 큰 도둑이 된다는 말

● 백 번 듣는 것이 한 번 보는 것만 못 하다

실제로 한 번 보는 것이 간접으로 백 번 듣는 것보다 확실하다는 말(=백문불여일견百聞不如一見)

● 백 일 장마에도 하루만 더 왔으면 한다

자기 이익 때문에 자기 본위로 이야기하는 것을 말함

● 백짓장도 맞들면 낫다

아무리 쉬운 일이라도 여럿이 하면 더 쉽다는 말

● 밴 아이 사내 아니면 계집아이

할 일이 둘 중의 어느 하나라고 할 때 쓰는 말

● 밴댕이 콧구멍 같다

밴댕이 콧구멍 마냥 몹시 소견이 좁고 용렬하여 답답한 사람을 두고 하는 말(=밴댕이 소갈머리)

● 뱁새가 황새를 따라가면 다리가 찢어진다
분수에 넘치는 짓을 하면 도리어 해만 입는다는 말

● 뱁새는 작아도 알만 잘 낳는다
작아도 자기 구실 못 하는 법이 없다는 말

● 버들가지가 바람에 꺾일까
부드러워서 곧 바람에 꺾일 것 같은 버들가지지만 끝까지 꺾이지 않듯이 부드러운 것이 단단한 것보다 더 강하다는 말

● 버선이라면 뒤집어나 보이지
버선이 아니라 뒤집어보일 수도 없기 때문에 상대방의 의심을 풀어주지 못하여 매우 답답하고 속상하다는 의미

● 번개가 잦으면 천둥을 친다
자주 말이 나는 일은 마침내는 그대로 되고야 만다는 말

● 번갯불에 콩 볶아먹겠다
행동이 매우 민첩하고 빠르다는 말

● 벌거벗고 환도 찬다

격에 어울리지 않음을 이르는 말

● 벌레 씹는 맛이다

음식이 맛이 없다는 뜻으로 어떠한 일을 생각하면 할수록 기분이 나쁘다는 말

● 벌집을 건드렸다

선불리 건드려서 큰 골칫거리를 만났을 때를 이르는 말

● 범 없는 골에 토끼가 선생

잘난 사람이 없는 곳에서 못난 사람이 잘난 체한다는 말

● 범에게 물려가도 정신만 차리면 산다

아무리 위험한 경우에 이르러도 정신만 차리면 살 수 있다는 말

● 법은 멀고 주먹은 가깝다

이치를 따져서 해결하는 것보다 앞뒤를 헤아림 없이 폭력을 먼저 쓰게 된다는 말

● 벗 따라 강남 간다

친구를 따라서는 먼 길이라도 간다는 말

● 벙어리 냉가슴 앓는다

남에게 말하지 못하고 혼자만 걱정한다는 말

● 벙어리 속은 그 어미도 모른다

설명을 듣지 않고는 그 내용을 알 수 없다는 말

● 벙어리 재판

아주 곤란한 일을 이르는 말

● 벼 이삭은 잘 팰수록 고개를 숙인다

이삭이 잘 익으면 고개를 숙이듯이 훌륭한 사람일수록 교만하지 않고 겸손하다는 말

● 벼락 치는 하늘도 속인다

벼락을 치는 하늘까지도 속이는데 삶 속이는 것은 예사로 하며 보통이라는 말

● 벼룩도 낯짝이 있다

너무나도 뻔뻔스러운 사람을 보고 하는 말

● 벼룩의 간에 육간대청을 짓겠다

도량이 좁고 하는 일이 이치에 어긋남을 이르는 말

● 벼룩의 간을 내어 먹지

극히 적은 이익을 당찮은 곳에서 얻으려 한다는 말

● 변죽을 치면 복판이 울린다

슬며시 귀띔만 해주어도 눈치가 빠른 사람은 곧 알아듣는다는 의미

● 병주고 약준다

해를 입힌 뒤에 어루만진다는 말

● 병신 달밤에 체조한다

못난 자가 더욱 더 미운 짓만 한다는 말

● 병신자식이 효도한다

생각지도 않은 사람이 일을 이루거나 했을 때 쓰는 말

● 병신이 육갑한다

되지 못한 자가 엉뚱한 짓을 할 때 하는 말

● 보기 좋은 떡이 먹기도 좋다

내용이 좋으면 겉모양도 반반하다는 말

● 보리누름에 설늙은이 얼어 죽는다

보리가 누렇게 익을 무렵에는 따뜻해야 하나 오히려 추워서 기운이 쇠한 사람이 얼어 죽는다는 뜻으로, 더워야 할 계절에 도리어 춥게 느껴지는 때를 비유적으로 이르는 말

● 보리밥에는 고추장이 제격이다

무엇이든 자기의 격에 알맞도록 해야 좋다는 말

● 보리 주면 오이 안 주랴

자기 것은 아끼면서 남만 인색하다고 여기는 사람에게 하는 말

● 보채는 아이 밥 한 술 더 준다

보채면서 자꾸 시끄럽게 구는 아이에게는 달래느라고 밥 한 술이라도 더 주게 된다는 뜻으로, 조르며 서두르는 사람이나 열심히 구하는 사람에게는 더 잘해 주게 됨을 비유적으로 이르는 말

- 복불복이다

  똑같은 경우의 환경에서 여러 사람의 운이 각각 차이가 난다는 말

- 복날 개 패듯 한다

  복날 개를 잡기 위해 개를 패듯이 모질게 매질을 한다는 말

- 볶은 콩에서 싹이 날까

  전혀 가망성이 없음을 이르는 말

- 볼기도 벗었다가 안 맞으면 섭섭하다

  설혹 손해가 되는 일이라 할지라도 시작하려다가 그만두게 되면 섭섭하다는 말

- 봄비에 얼음 녹듯 한다

  봄비에 얼음이 잘 녹듯이 무슨 일이 쉽게 해결된다는 의미

- 봉사 문고리 잡기

  소경이 문고리 잡기 어렵듯 아주 어려운 일을 이르는 말

● 봉사가 개천 나무란다

자기 잘못은 모르고 남을 탓한다는 말

● 부뚜막의 소금도 집어넣어야 짜다

쉽고 좋은 기회나 형편도 이용하지 않으면 소용이 없다는 말

● 부모 수치가 자식 수치다

자식 된 자는 부모에게 부끄러움을 끼치지 않도록 잘 모셔야 한다는 말

● 부부 싸움은 칼로 물 베기

부부간의 싸움이란 하나마나 금방 의가 좋아진다는 말

● 부자는 망해도 삼 년 먹을 것이 있다

부자이던 사람은 망했다 해도 얼마 동안은 그럭저럭 살아 나갈 수 있다는 말

● 부잣집 맏며느릿감이다

얼굴이 복스럽고 후하게 생긴 처녀를 보고 하는 말

● 부잣집 외상보다 비렁뱅이 맞돈이 좋다

아무리 튼튼한 자리라도 뒤로 미루는 것보다는 현재 충실한 것이 좋다는 말

● 부조는 않더라도 제상이나 치지 말라

도와주지 못할망정 방해는 하지 말라는 것을 비유적으로 이르는 말

● 부지런한 물레방아는 얼 새도 없다

무슨 일이고 부지런히 하면 실수가 없고 성사가 된다는 말

● 부처님 가운데 토막

마음이 어질고 조용한 사람을 이르는 말

● 부처님 위하여 불공하나

남을 위하는 것 같지마는 실상 사람이 하는 모든 일은 결국은 자기를 위하는 것이라는 말

● 부처도 다급하면 거짓말한다

훌륭한 사람이라도 자기가 다급한 사정이 있을 경우에는 거짓말을 하게 된다는 말

● 북은 칠수록 소리가 난다
하면 할수록 그만큼 손해만 커진다는 말

● 분다 분다 하니 하루아침에 왕겨 석 섬 분다
잘한다고 추어주니까 무작정 자꾸 한다는 말

● 불난 데 부채질한다
엎친 데 덮치는 격으로 불운한 사람을 더 불운하게 만들거나 노한 사람을 더 노하게 한다는 말

● 불면 꺼질까 쥐면 터질까
어린 자녀를 아주 소중히 기른다는 말

● 불알 두 쪽만 대그락대그락한다
집안에 재산이라고는 아무것도 없고 다만 알몸뚱이밖에 없다는 말

● 불에 놀란 놈은 부지깽이만 보아도 놀란다
무엇에 몹시 혼이 난 사람은 그에 관련 있는 물건만 보아도 겁을 낸다는 말

● 비는 데는 무쇠도 녹는다
자기의 잘못을 뉘우치고 빌면 아무리 완고한 사람이라도 용서 해 준다는 말

● 비단 옷 입고 밤길 걷기
애써도 보람이 없음을 비유하는 말

● 비단 옷을 입으면 어깨가 올라간다
가난하게 살던 사람이 갑자기 돈을 벌게 되면 자기 분수도 모르고 우쭐대게 된다는 말

● 비둘기는 콩밭에만 마음이 있다
현재 하고 있는 일과는 달리 속마음은 엉뚱한 곳에 가 있다는 말

● 비온 뒤에 땅이 굳어진다
풍파를 겪고 나서야 일이 더욱 단단해진다는 말

● 빈 수레가 더 요란하다
지식이 없고 교양이 부족한 사람이 더 아는 체하고 떠든다는 말

● 빚진 죄인이다

빚을 진 사람은 빚쟁이에게 기가 죽어 죄인처럼 된다는 것을 이르는 말

● 빛 좋은 개살구다

겉만 좋고 실속은 없음을 일컫는 말

● 뺨 맞을 놈이 여기 때려라 저기 때려라 한다

벌을 받을 놈이 도리어 큰 소리 친다는 말

● 뺨을 맞아도 은가락지 낀 손에 맞는 것이 좋다

이왕 욕을 당하거나 복종할 바에야 지위가 높고 덕망이 있는 사람에게 당하는 것이 낫다는 말

사

● 사공이 많으면 배가 산으로 올라간다

무슨 일을 할 때 간섭하는 사람이 많으면 일이 잘 안 된다는 말

● 사귀어야 절교하지

사귀기도 전에 절교할 수 없듯이 서로 관계가 없으면 의를 상하지도 않는다는 말

● 사나운 개 콧등 아물 때가 없다

남과 싸우기를 좋아하는 사람은 언제나 자기에게도 손해가 따름을 비유한 말

● 사내 등골 빼먹는다

화류계 여성이 외도하는 남자의 재물을 훑어먹음을 이르는 말

● 사돈 남 말하다

자기 일을 놔두고 남의 일에 말참견이 많다는 말

● 사돈의 팔촌

남과 다름없는 친척을 이르는 말

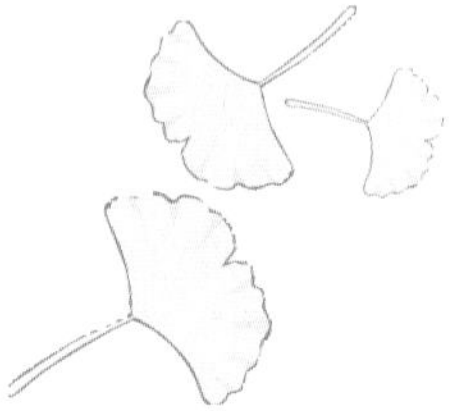

● 사또 떠난 뒤에 나팔 분다

마땅히 하여야 할 때에 아니 하다가 그 시기가 지난 뒤에 함을 조롱하는 말

● 사람 살 곳은 골골이 있다

이 세상은 어디에 가나 서로 도와주는 풍습이 있어 살아갈 수 있다는 말

● 사람 위에 사람 없고 사람 밑에 사람 없다

사람은 모두 평등하고 그 권리나 의무도 똑같다는 말

● 사람 죽여놓고 초상 치른다

자기가 잘못을 저질러놓고 나서 도와준다는 말

- 사람과 쪽박은 있는 대로 쓴다
  살림살이를 하는데 있어 쪽박이 있는 대로 다 쓰이듯이 사람도 제각기 쓸모 있다는 말

- 사람이라고 다 사람인가 사람다워야 사람이지
  사람은 사람의 탈을 쓰는 것뿐만 아니라 사람이 사람다운 일을 해야 참다운 사람이라는 말

- 사람은 잡기를 해봐야 마음을 안다
  사람은 속임수를 쓰며 이익을 다투는 노름을 해봐야 그 본성을 알 수 있음을 이르는 말

- 사람은 죽으면 이름을 남기고 범은 죽으면 가죽을 남긴다
  사람이 사는 동안 훌륭한 일을 하면 그 이름이 후세까지 빛나니 선행을 해야 한다는 말

- 사람은 나면 서울로 보내고 망아지는 나면 제주로 보내라
  사람은 어릴 때부터 서울로 보내어 공부를 하게 해야 잘될 수 있으며, 망아지는 말의 고장인 제주도에서 길러야 한다는 말

● 사람은 헌 사람이 좋고 옷은 새 옷이 좋다
사람은 사귄지 오래일수록 좋고 옷은 새 것 일수록 좋다는 말

● 사람의 마음은 조석변朝夕變이라
사람의 마음은 시시각각으로 변하기 쉽다는 말로, 사람의 마음이 하루에도 열두 번 변한다는 말

● 사랑은 내리사랑
윗사람이 아랫사람을 사랑하기는 예사지만 아랫사람이 윗사람 사랑하기는 어렵다는 말

● 사위 선을 보려면 그 아버지를 먼저 보랬다
그 아버지를 먼저 보면 사위될 사람의 인품을 짐작할 수 있다는 말

● 사위는 백 년 손이요 며느리는 종신 식구라
사위와 며느리는 모두 남의 자식으로서 자기 자식뻘이 되나 며느리는 제집 식구처럼 되는 반면에 사위는 영원한 손님이라는 뜻으로, 며느리와 달리 사위는 장인 · 장모에게 언제나 소홀히 대할 수 없는 존재임을 비유적으로 이르는 말

● 사자어금니 같다

사자의 어금니는 가장 요긴한 것이니 반드시 있어야만 하는 것을 말하며, 아주 든든하고 믿음직한 것을 비유적으로 이르는 말

● 사족을 못 쓴다

무슨 일에 반하거나 혹하여 어쩔 줄을 모른다는 말

● 사주팔자에 없는 관을 쓰면 이마가 벗어진다

자기 분수에 넘치는 일을 하게 되면 도리어 괴롭다는 말

● 사촌이 땅을 사면 배가 아프다

남이 잘됨을 매우 시기함을 일컫는 말

● 사흘 굶어 도둑질 아니할 놈 없다

착한 사람이라도 몹시 궁핍하게 되면 옳지 못한 짓도 저지르게 된다는 말

● 산 개가 죽은 정승보다 낫다

아무리 구차하고 천한 신세라도 죽는 것보다는 사는 것이 낫다는 말

● 산 밑 집에 방앗공이가 논다

그 고장 산물이 오히려 그곳에서 희귀하다는 말

● 산 사람의 목구멍에 거미줄 치랴

사람은 아무리 가난하여도 입에 풀칠해 나갈 수 있다는 말

● 산 호랑이 눈썹

도저히 얻을 수 없는 것을 얻으려 하는 것을 이르는 말

● 산에 가야 꿩을 잡고 바다에 가야 고기를 잡는다

일을 하려면 먼저 그 일의 목적지에 가야 일이 된다는 말

● 산에 들어가 호랑이를 피하랴

이미 앞에 닥친 위험은 도저히 못 피한다는 말

● 산은 오를수록 높고 물은 건널수록 깊다

어려운 고비를 당할수록 점점 더 어렵고 곤란한 일만 생긴다는 말

● 산이 높아야 골이 깊다

원인이나 조건이 갖추어져야 일이 이루어진다는 말

● 산전수전 다 겪었다

세상의 온갖 고생과 어려움을 다 겪어본 것을 이르는 말

● 살강 밑에서 숟가락 얻었다

남이 빠뜨린 물건을 얻어서 횡재했다고 좋아하다 임자가 나타나 헛되이 좋아한 것이 됨을 비유적으로 이르는 말

● 살림에는 눈이 보배다

살림을 알뜰히 잘 하려면 눈으로 잘 보살펴 처리해야 한다는 말

● 살아서 불효도 죽고 나면 슬퍼한다

부모가 살았을 때 불효를 한 사람도 부모가 돌아가신 후에는 뉘우치고 슬퍼한다는 말

● 삼 년 먹여 기른 개가 주인 발등 문다

오랫동안 은혜를 입은 사람이 도리어 그 은인을 해치며 비웃는다는 말

● 삼수갑산을 가도 님 따라 가랬다

부부간에는 아무리 큰 고생이 닥치더라도 함께 극복해야 한다는 말

● 삼십육계에 줄행랑이 제일이다

어려울 때는 그저 뺑소니치는 것이 제일이라는 말

● 삼촌 못난 것이 조카 짐만 지고 다닌다

체구는 크면서 못난 짓만 하는 사람을 비웃는 말

● 상시에 먹은 맘이 취중에 난다

누구나 술에 취하게 되면 평소에 가졌던 생각이 언행에 나타난다는 말(=취중에 진담이 나온다)

● 상전 배부르면 종 배고픈 줄 모른다

남의 사정은 조금도 알아주지 않고 저만 위할 줄 알고 자기 욕심만 채우려는 사람을 일컫는 말

● 새 발의 피

분량이 아주 적음을 비유한 말

● 새 옷도 두드리면 먼지 난다

아무리 청렴한 사람이라도 속속들이 파헤쳐보면 부정이 드러난다는 말

● 새도 가지를 가려서 앉는다

친구를 사귀거나 사업을 함에 있어 잘 가리고 골라야만 한다는 말

● 새도 날려면 움츠린다

어떤 일이든지 사전에 만반의 준비가 있어야 한다는 뜻에서 나온 말

● 새벽달 보자고 초저녁부터 기다린다

일을 너무 서두른다는 말

● 새우 싸움에 고래 등 터진다

아무 관련도 없는 사람이 해를 입는다는 말

● 새침데기 골로 빠진다

얌전하게 보이는 사람이 엉뚱하게 못된 짓을 하는 경우에 이르는 말

● 생감도 떨어지고 익은 감도 떨어진다

늙은 사람만 죽는 것이 아니라 젊은 사람도 죽는다는 말

- 생나무에 좀이 날까

  생나무에는 좀이 나지 않듯이 건실하고 튼튼하면 내부가 부패되지 않는다는 말

- 생초목에 불이 붙는다

  뜻하지 않은 변을 당한다는 말

- 서당개 삼 년에 풍월한다

  무식한 사람도 글 잘하는 사람과 오래 있게 되면 자연 견문이 생긴다는 말

- 서리 맞은 구렁이

  행동이 몹시 느리고 하는 일에 힘이 없는 사람을 일컫는 말

- 서울 가서 김서방 집 찾기

  잘 알지도 못하고 막연히 찾아다닌다는 말

- 서울이 무섭다니까 과천서부터 긴다

  어떤 일을 당하기도 전에 말로만 듣고 미리부터 겁낸다는 말

● 서투른 무당 장구만 나무란다

능력이 부족한 것도 모르고 도구만 나쁘다고 탓함을 이르는 말(=서투른 숙수가 괴나무 안반만 나무란다)

● 섣달 그믐날 개밥 퍼주듯 한다

섣달 그믐날은 먹을 것이 너무 많아서 개밥도 후하게 주듯이 남에게 음식을 후하게 준다는 말

● 설마가 사람 죽인다

설마 그럴 수가 있나 하고 마음을 놓는 데서 탈이 일어난다는 말

● 성인도 시속을 따른다

사람은 누구나 세상일에 임기응변을 하여야 산다는 말

● 섶을 지고 불로 들어가려 한다

당장에 불이 붙을 섶을 지고 이글거리는 불 속으로 뛰어든다는 뜻으로, 앞뒤 가리지 못하고 미련하게 행동함을 놀리는 말

● 세 살 버릇 여든까지 간다

어린 시절에 몸에 밴 나쁜 버릇은 좀처럼 고치기가 어렵다는 말

- 소 잃고 외양간 고친다

  이미 일을 그르친 뒤에 뉘우쳐도 소용없다는 말

- 소가 크다고 왕 노릇 할까

  지혜가 없이 힘만 가지고서는 지도자 위치에 나설 수 없다는 말

- 소경 잠 자나마나다

  전혀 성과가 없음을 뜻하는 말

- 소경에게 눈멀었다 하면 노여워한다

  누구든지 자기 결점을 지적하면 싫어한다는 말

- 소경이 개천 탓한다

  자기 잘못은 조금도 생각지 못하고 남의 잘못을 원망한다는 말

- 소금도 맛보고 사랬다

  물건을 살 때에는 잘 살펴보아야 한다는 말

- 소나기 맞은 증상이다

  몹시 불쾌한 얼굴을 하고 있는 사람을 가리켜서 하는 말

● 소도 언덕이 있어야 비빈다

사람도 의지할 데가 있어야 발판으로 삼아 성공할 수 있다는 말

● 소똥에 미끄러져 개똥에 코방아 찧는다

연거푸 실수하여 어이가 없다는 말

● 소매 긴 김에 춤춘다

별로 생각이 없던 일이라도 그 일을 할 조건이 갖추어졌기 때문에 하게 될 때 쓰는 말

● 소문난 잔치에 먹을 것 없다

세상의 평판과 실제는 일치하지 않다는 말

● 속 빈 강정이다

속이 텅 비어 아무 실속이 없다는 말, 또는 수중에 돈이 한 푼도 없다는 말

● 속곳 벗고 은가락지 낀다

격에 맞지 않는 겉치레를 하여 도리어 보기 흉하다는 말

● 손도 안 대고 코풀려고 한다

수고는 조금도 하지 않고 큰 소득만 얻으려고 한다는 말

● 손에 쥐어줘도 모른다

아주 무식하고 재주가 없어서 손에 쥐어주고 가르쳐도 모른다는 말

● 손으로 하늘 찌르기

될 것 같지 않은 가망이 없는 일이라는 말

● 손자를 귀여워하면 할아비 뺨을 친다

철없는 사람들과 친하게 지내다가는 큰 망신만 당한다는 말

● 손자 턱에 흰 수염 나겠다

오랜 시간을 기다리기가 지루하다는 말

● 손톱 밑에 가시 드는 줄은 알아도 염통 밑에 쉬스는 줄은 모른다

눈앞에 보이는 사소한 이해관계에는 밝아도, 잘 드러나지 아니하는 큰 문제는 잘 깨닫지 못함을 비유적으로 이르는 말

● 솜뭉치로 가슴을 칠 일이다

몹시 원통함을 이르는 말

● 송충이가 갈잎을 먹으면 떨어진다

자기 직분에 맞지 않는 딴생각을 하다가는 실패한다는 말

● 쇠가죽을 무릅쓰다

체면을 생각하지 아니한다는 말

● 쇠귀에 경 읽기다

가르치고 일러주어도 알아듣지 못한다는 말

● 쇠털같이 하고많은 날

헤아릴 수 없이 많은 나날을 비유적으로 이르는 말

● 쇠털을 뽑아 제 구멍에 박는다

이루 헤아릴 수 없이 많은 쇠털을 뽑아서 다시 제자리에 꽂아 넣는다는 뜻으로, 융통성이 전혀 없고 고지식한 경우를 비유적으로 이르는 말

● 쇠가 쇠를 먹고 살이 살을 먹는다

동족끼리 서로 싸우는 것을 말함

● 쇠뿔도 단김에 빼랬다

무슨 일이든지 기회가 있을 때 바로 해치워야 한다는 말

● 수박 먹다 이 빠진다

운이 나쁘면 대단치 않은 일을 하다가도 큰 해를 당한다는 말

● 수염이 열 자라도 먹어야 양반이다

먹은 후에라야 체면도 차릴 수 있다는 말

● 숙수가 많으면 국수가 수제비 된다

일을 하는데 참견하는 사람이 많으면 오히려 일을 그르치게 된다는 말

● 술에 술 탄 듯 물에 물 탄 듯하다

아무리 노력해서 일을 했어도 흔적이 없어 하나마나라는 말

● 숭어가 뛰니까 망둥이도 뛴다

자기 처지는 생각하지 않고 저보다 나은 사람을 모방하려고 애쓴다는 말

● 숯이 검정 나무란다

자기 흠이 더 큰 사람이 도리어 흠이 적은 사람을 흉본다는 말

● 스승의 그림자는 밟지 않는다

선생님을 모시고 갈 때는 비록 그림자라도 밟아서는 안 될 만큼 존경해야 한다는 말

● 시거든 떫지나 말고 떫거든 검지나 말지

이래저래 쓸모가 없는 사람을 이르는 말

● 시골 놈이 서울 놈을 못 속이면 보름씩 배를 앓는다

시골 사람이 서울 사람을 더 잘 속인다는 말

● 시루에 물 퍼붓기

아무리 비용을 들이고 애를 써도 효과가 나타나지 않음을 이르는 말

● 시어미 미워서 개 옆구리 찬다

윗사람에게 꾸중을 듣고 화풀이를 엉뚱한 데서 하는 것을 이르는 말

● 시원찮은 귀신이 사람 잡는다

얼른 보아서 미련하고 못난 것 같아 보이는 자가 도리어 큰 사건을 일으킨다는 말

● 시작이 반이다

무슨 일이나 셈을 잡아서 하면 그 뒷일은 어려울 것이 없음을 이르는 말

● 시장이 반찬이다

배가 고프면 반찬이 없어도 밥맛이 있다는 말

● 시집갈 때 등창난다

공교롭게도 가장 중요한 때에 탈이 난다는 말

● 시집도 가기 전에 기저귀 마련한다

일을 너무 서두른다는 말

● 시집을 가야 효도도 된다

시집을 가서 아이를 낳아 길러봐야 부모의 은공을 알게 되어 효녀가 된다는 의미

● 식은 죽 먹기

매우 쉽다는 말(=누워 엿 먹기)

● 신 신고 발바닥 긁기

일하기는 해도 시원치 않다는 말

● 신선놀음에 도끼 자루 썩는 줄 모른다

바둑, 장기 따위에 정신이 팔려 시간 가는 줄을 모른다는 말의 비유

● 실 뱀 한 마리가 온 바닷물을 흐린다

한 사람의 소행이 전체에 나쁜 영향을 끼친다는 말

● 실속 없는 잔치가 소문만 멀리 간다

대개 소문난 것이 실속은 없다는 말

● 실없는 말이 송사 건다

무심히 한 말 때문에 큰 변이 생긴다는 말

● 실이 와야 바늘이 가지

오는 정이 있어야 가는 정이 있다는 말

● 심사가 놀부라

본성이 좋지 못하여 탐욕을 일삼으며 일마다 심술을 부리는 것을 이르는 말

● 십 년 과부도 시집갈 마음은 못 버린다

뼈에 사무치게 아픈 마음은 잊어버리기가 어렵다는 말

● 십 년 공부 나무아미타불

오랫동안 공을 들여 쌓아온 일이 모두 허사가 되었다는 말

● 십 년 세도 없고 열흘 붉은 꽃 없다

부귀영화는 오래 계속되지 못한다는 말

● 십 년이면 강산도 변한다

십 년이란 세월이 흐르면 세상에 변하지 않는 것이 없다는 말

● 십리도 못 가서 발병 난다

무슨 일이 얼마 가지 않아서 탈이 생긴다는 말

● 십시일반十匙一飯이다

조그마한 것이라도 모으면 많아진다는 말

● 싸움은 말리고 흥정은 붙이랬다

좋지 않은 일은 중지시키고 좋은 일은 권장하라는 말

● 싹이 노랗다

희망이 처음부터 보이지 않는다는 말

● 싼 것이 비지떡

값싼 물건이 항상 품질이 좋지 않다는 말

● 쌀독에 앉은 쥐

부족함이 없고 만족한 처지를 말함

● 쌈짓돈이 주머닛돈

한 가족끼리의 재산은 누구의 것이라고 특별히 구별 짓지 않고 다 같이 그 집의 재산이라는 말

● 썩어도 준치

값있는 물건은 아무리 낡거나 헐어도 제대로의 가치를 지닌다는 말

● 썩은 새끼줄도 잡아당겨야 끊어진다

아무리 쉬운 일이라도 하지 않고 기다리고 있으면 이루어지지 않는다는 의미

● 쓰다 달다 말이 없다

아무런 반응이나 의사 표시가 없다는 것을 이르는 말

● 씻어놓은 흰 죽사발 같다

생김새가 허여멀건한 사람을 가리키는 말

아

● 아가리가 광주리만 해도 말을 못 한다

염치가 없어 도저히 말할 염두가 안 난다는 의미

● 아갈잡이를 시켰다

하기 싫어하는 것을 강제로 억눌러 시켰기 때문에 행동이 자연스럽지 못하고 경직된 자세로 한다는 의미

● 아끼다가 개 좋은 일만 한다

좋은 음식을 너무 인색할 정도로 아끼다가 썩어서 결국 개에게 주듯이 너무 인색하게 굴다가는 오히려 손해를 본다는 말

● 아내 없는 처갓집 가기다

목적 없는 일은 더 이상 할 필요가 없다는 의미

● 아내가 여럿이면 늙어서 생홀아비 된다

젊어서 아내를 많이 거느리던 사람이 결국 늙어서는 자기에게 잘해 주는 아내가 하나도 없게 된다는 말

● 아는 것이 병이다

모든 것을 알기 때문에 도리어 걱정이 많다는 말

● 아는 길도 물어가자

쉬운 일도 물어서 해야 틀림이 없다는 말

● 아는 도끼에 발등 찍힌다

친하여 믿는 사람에게 오히려 해를 입는다는 말

● 아니 땐 굴뚝에 연기 날까

사실과 원인이 없으면 그런 일이 있을 수 없다는 말

● 아닌 밤중에 홍두깨

갑자기 불쑥 내놓는 것을 비유한 말

- 아랫돌 빼어 웃돌 괴기

  임시변통으로 한 곳에서 빼어 다른 곳을 막는다는 말(=하석상대下石上臺)

- 아무리 바빠도 바늘허리 매어 못 쓴다

  아무리 바쁜 일이라도 일정한 순서를 밟아서 해야 한다는 말

- 아비만한 자식이 없다

  자식이 아무리 훌륭히 되더라도 그 아비만큼은 못 하다는 말

- 아이 귀여워하는 사람이 자식 없다

  자기 자식이 없는 사람은 어린아이가 부럽기 때문에 남의 아이를 유난히 더 귀여워하게 된다는 말

- 아이 말 듣고 배딴다

  철없는 아이 말을 곧잘 듣는다는 말

- 아이 보는 데는 찬물도 못 마신다

  아이들은 어른들이 하는 대로 본뜨므로 아이들 보는 데는 언행을 삼가야 한다는 말

● 아이 싸움이 어른 싸움 된다

어린애들 싸움이 나중에는 그 부모들의 시비로 변한다는 말

● 아직 이도 나기 전에 갈비 뜯는다

자신의 실력도 제대로 모르면서 턱없이 힘에 겨운 짓을 하려고 덤벼든다는 의미

● 안 되려면 뒤로 넘어져도 코가 깨진다

운수가 사나운 사람은 온갖 일에 마가 끼어 엉뚱한 손해를 본다는 말

● 안 되면 조상 탓이다

잘못은 자기가 해놓고 남을 원망한다는 말

● 안방에 가면 시어머니 말이 옳고 부엌에 가면 며느리 말이 옳다

각각 일리가 있어 그 시비를 가리기 어렵다는 말

● 안성맞춤이다

꼭 들어맞을 때 하는 말

● 앉아 주고 서서 받는다

돈을 꾸어주고 그것을 다시 받기가 매우 어렵다는 말

● 앉은 자리에 풀도 안 나겠다

사람이 너무 깔끔하고 매서우리만큼 냉정하다는 말

● 알아도 아는 척 말랬다

아는 것이 있더라도 자랑하여 뽐내지 말고 마치 모르는 것처럼 겸손한 자세로 있어야 한다는 말

● 알아야 면장을 한다

어떤 일이든 그 일을 하려면 그것에 관련된 학식이나 실력을 갖추고 있어야 함을 비유적으로 이르는 말

● 앓느니 죽지

앓느라 고생하고 괴로움을 당하는 것보다 차라리 죽어서 모든 것을 잊어버리는 게 낫겠다는 의미

● 앓던 이 빠진 것 같다

걱정을 끼치던 것이 없어져 시원하다는 말

● 암탉이 울면 집안이 망한다

여자가 지나치게 까불어 대면 일이 잘 안 된다는 말

● 앞길이 구만 리 같다

나이가 젊어서 앞길이 창창함을 이르는 말

● 애호박에 말뚝 박기

심술궂은 짓을 한다는 말

● 약도 지나치면 해롭다

아무리 좋은 것이라도 정도가 지나치게 되면 도리어 해롭게 된다는 말

● 약방에 감초

어떤 모임이든 참석을 잘하는 사람을 두고 비유한 말

● 얌전한 고양이가 부뚜막에 먼저 올라간다

겉으로는 얌전한 척하는 사람이 뒤로는 오히려 더 나쁜 짓만 일삼는다는 말

● 양반은 물에 빠져도 개헤엄은 안 한다

아무리 위급한 때라도 점잖은 사람은 체면 깎이는 일을 하지 않는다는 말

● 양반은 얼어 죽어도 짚불은 안 쬔다

아무리 궁해도 체면에 어울리지 않는 일은 안한다는 말

● 양지가 음지 되고 음지가 양지 된다

운이 나쁜 사람도 좋은 수를 만날 수 있고 운이 좋은 사람도 늘 좋기만 하는 것이 아니라 어려운 시기가 있다는 말로, 세상사는 늘 돌고 돈다는 말

● 얕은 내도 깊게 건너라

모든 일을 언제나 조심성 있게 해야 함을 일컫는 말(=돌다리도 두드려 보고 건너라)

● 어느 구름에서 비가 올지

일은 되어봐야 알지 미리 짐작하기 어렵다는 말로, 언제 무슨 일이 생길지 모른다는 말

- 어느 장단에 춤을 추랴

  참견하는 사람이 많아 어느 말을 따라야 할지 모를 때 하는 말

- 어느 집 개가 짖느냐 한다

  남이 하는 말을 듣는 척도 하지 않는 것을 이르는 말

- 어둔 밤에 주먹질하기

  상대방이 보지 않는 데서 화를 내는 것은 아무 소용이 없다는 말

- 어르고 뺨치기

  그럴듯한 말로 남을 해롭게 한다는 말

- 어물전 망신은 꼴뚜기가 시킨다

  변변치 않은 것이 격에 맞지 않게 망신스러운 행동을 함으로써 전체적인 품위를 떨어뜨림을 비유한 말

- 어질병이 지랄병 된다

  작은 병통이 나중에는 큰 병통이 된다는 말

- 억지 춘향이

  사리에 맞지 않아 안 될 일을 억지로 한다는 말

● 언 발에 오줌 누기
눈앞에 급한 일을 피하기 위해서 하는 임시변통이 결과적으로 더 나쁘게 되었을 때 하는 말

● 얻은 떡이 두레 반이다
여기저기서 조금씩 얻은 것이 남이 애써 만든 것보다 많다는 말

● 업은 아이 삼 년 찾는다
가까운 데 있는 것을 모르고 먼데 가서 여기저기 찾아다닌다는 말

● 엉덩이에 뿔이 났다
아직 자립할 처지에 이르지 못한 사람이 옳은 가르침을 받지 못하고 빗나갈 때 쓰는 말

● 엎드리면 코 닿을 데
매우 가까운 거리 즉, 지호지간指呼之間을 이르는 말

● 엎지른 물이요 깨진 독이다
다시 돌이킬 수 없는 일을 이르는 말

● 엎친 데 덮친다

불행이 거듭 생김을 뜻하는 말로 설상가상雪上加霜과 같은 말

● 열 사람이 지켜도 한 도둑을 못 막는다

여러 사람이 애써도 한 사람의 나쁜 짓을 막지 못한다는 말

● 열 손가락을 깨물어 안 아픈 손가락 없다

자식이 아무리 많아도 부모에게는 다 같이 중하다는 말

● 열길 물속은 알아도 한길 사람의 속은 모른다

사람의 마음은 헤아릴 수 없다는 말

● 열 번 찍어 안 넘어가는 나무 없다

아무리 강철 같은 심지를 가진 사람이라도 여러 차례 꾀고 달래면 결국 그 유혹에 넘어가고 만다는 말

● 열흘 굶어 군자 없다

아무리 착한 사람일지라도 빈곤하게 되면 마음이 변하여 옳지 못한 짓을 하게 된다는 말

● 염라대왕이 제 할아비라도 어쩔 수 없다

큰 죄를 짓거나 무거운 병에 걸려 살아날 도리가 없다는 말

● 염불 못 하는 중이 아궁이에 불땐다

무능한 사람은 같은 계열이라도 가장 천한 일을 하게 된다는 말

● 염불에는 마음이 없고 잿밥에만 마음이 있다

마땅히 할 일에는 정성을 들이지 않고 딴 곳에 마음을 둔다는 말

● 영리한 고양이가 밤 눈 못 본다

똑똑한 체하는 사람이 흔히 못난 짓을 함을 이르는 말

● 옆구리 찔러 절받기

상대방은 할 생각도 없는데 스스로가 요구하거나 알려줌으로써 대접을 받는다는 말

● 오금아 날 살려라

도망할 때 마음이 급하여 다리가 빨리 움직여지기를 갈망하는 말

● 오뉴월 감기는 개도 안 앓는다

여름에 감기 앓는 사람을 조롱하는 말

● 오뉴월 똥파리 꾀듯한다

어디든지 먹을 것이라면 용케도 잘 찾아다니는 사람을 두고 하는 말

● 오뉴월 하루 볕이 무섭다

오뉴월은 해가 길기 때문에 잠깐 동안이라도 자라는 정도의 차이가 크다는 말

● 오뉴월에 얼어 죽는다

과히 춥지도 않은데 추워하며 지나치게 추위를 못 이기는 사람을 보고 놀리는 말

● 오던 복도 달아나겠다

그 사람이 하는 짓이 하도 얄미워서 오던 복도 도로 나간다는 말

● 오라는 데는 없어도 갈 데는 많다

하는 일이 없는 것 같아도 매우 바쁘다는 말

● 오랜 가뭄 끝에 단비 온다

오랜 가뭄 끝에 비가 와서 농민들이 매우 좋아하듯이 오래도록 기다렸던 일이 성사되어 기쁘다는 말

- 오르지 못할 나무는 쳐다보지도 말아라
  되지도 않을 일은 처음부터 뜻하지도 말라는 말

- 오 리 보고 십 리 간다
  적은 일이라도 유익한 것이면 수고를 아끼지 아니해야 한다는 말

- 오소리 감투가 둘이다
  한 가지 일에 책임질 사람은 두 명이 있어서 서로 다툰다는 말

- 오장이 뒤집힌다
  마음이 몹시 상하여 걷잡을 수 없다는 말

- 옥쟁반에 진주 구르듯 하다
  목소리가 맑고 깨끗하며 또렷한 것을 일컫는 말

- 옥도 닦아야 제 빛을 낸다
  사람도 정상적으로 교육을 받지 않으면 자기의 뜻을 이루지 못한다는 말

- 옥에도 티가 있다
  아무리 훌륭한 물건이나 사람에게도 조그만 흠은 있다는 말

- 옷이 날개다

옷이 좋으면 인물이 한층 더 훌륭하게 보인다는 말

- 왕후장상이 씨가 있나

훌륭한 인물의 가계나 혈통이 따로 있는 것이 아니고 노력 여부에 달렸다는 말

- 욕심 많은 놈이 참외 버리고 호박 고른다

어떠한 일에 욕심을 너무 부리다가 도리어 자신이 손해를 보게 된다는 말

- 용 꼬리 되는 것보다 닭 대가리 되는 것이 낫다

큰 단체에서 맨 꼴찌로 있는 것보다는 오히려 작은 단체에서 우두머리로 있는 것이 낫다는 말

- 우물 안 개구리

견문이 좁아 넓은 세상의 사정을 모르는 것을 비유

- 우물가에 어린애 보낸 것 같다

익숙하지 못한 사람에게 무슨 일을 시켜놓고 마음이 불안하다는 말(=물가에 애 세워놓은 듯하다)

● 우물에서 숭늉 찾는다

성미가 아주 급하다는 말

● 우물을 파도 한 우물을 파라

무슨 일이든지 한 가지 일을 꾸준히 계속해야 성공할 수 있다는 말

● 우박 맞은 호박잎이다

우박 맞아 잎이 다 찢어져 보기가 흉한 호박잎처럼 모양이 매우 흉측하다는 말

● 우선 먹기는 곶감이 달다

나중에는 어떻게 되든지 우선은 좋은 편을 취한다는 말

● 우수 경칩에 대동강이 풀린다

추운 겨울 날씨도 우수와 경칩이 지나면 따뜻해지기 시작한다는 말

● 울며 겨자먹기

싫은 일을 억지로 함의 비유

● 울지 않는 아이 젖주랴

요구가 없으면 주지도 않는다는 말

● 웃는 낯에 침 뱉으랴

좋은 낯으로 대하는 사람에게는 모질게 굴지 못한다는 말

● 웃음 속에 칼이 있다

겉으로는 친한 체하면서 속으로는 도리어 해롭게 한다는 말로, 사자성어 구밀복검口蜜腹劍과 같은 의미

● 원님 덕에 나팔 분다

훌륭하고 덕이 높은 사람을 따르다가 그 덕으로 분에 넘치는 대접을 받음의 비유

● 원수는 외나무다리에서 만난다

남의 원한을 사면 반드시 보복을 받는다는 말

● 원숭이도 나무에서 떨어질 때가 있다

아무리 익숙하고 잘 하는 사람이라도 실수할 때가 있다는 말

- 윗물이 맑아야 아랫물이 맑다

무슨 일이든지 윗사람의 행동이 깨끗하여야 아랫사람도 따라서 행실이 바르다는 말

- 윷짝 가르듯 한다

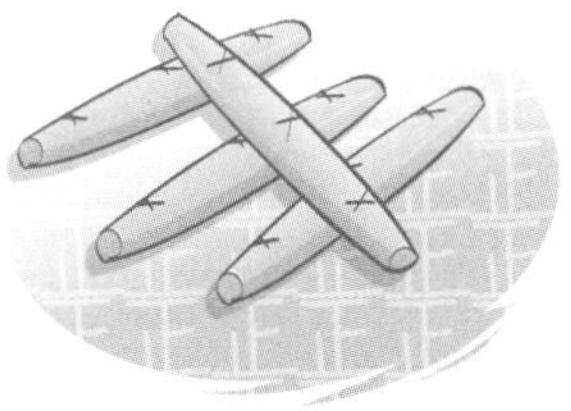

윷짝의 앞뒤가 분명하듯이 무슨 일에 대한 판단을 분명히 한다는 말

- 은행나무도 마주보아야 연다

은행나무도 마주보아야 열매를 맺듯이 남녀도 서로 결합해야 집안이 번영한다는 말

- 은혜를 원수로 갚는다

남에게서 은혜를 받고 보답하지는 못할망정 도리어 해친다는 말

- 음식은 들수록 줄고 말은 할수록 는다

음식은 전할수록 줄고 말은 전할수록 늘어난다는 말

- 음지도 양지 된다

현재의 불행이나 역경도 때를 만나면 행운을 맞이하게 된다는 말

● 의뭉하기는 구렁이다

속으로는 다 알고 있으면서 겉으로는 모르는 척하는 사람을 이르는 말

● 이 없으면 잇몸으로 산다

없으면 없는 그대로 살아갈 수 있다는 말

● 이로운 말은 귀에 거슬린다

일반적으로 귀에 거슬리는 말은 자신에게 유익한 말이기 때문에 잘 판단해서 받아들여야 한다는 말

● 이마에 내천川자를 그린다

얼굴을 찌푸린다는 말

● 이불 안에서 활개 친다

남이 안 보는 곳에서 큰 소리 치는 사람을 두고 이르는 말

● 이사 가는 놈이 계집 버리고 간다

자신이 하는 일 중에서 가장 중요한 것을 잊어버렸거나 잃었다는 말

● 이웃사촌이다

이웃 사람은 사촌이나 다름없이 정답게 지낸다는 말

● 이웃집 개도 부르면 온다

불러도 대답조차 없는 사람을 핀잔주는 말

● 익은 밥 먹고 선소리한다

사리에 맞지 않은 말을 하는 경우를 이르는 말

● 임도 보고 뽕도 딴다

어떤 일을 함께 겸하여 계획한다는 말

● 입술에 침이나 바르고 말해라

거짓말을 공공연히 할 때 욕하는 말

● 입술이 없으면 이빨이 시리다

가까운 두 사람 중에서 한 사람이 망하면 다른 사람도 그 영향을 받음을 가리키는 말로, 순망치한脣亡齒寒과 같은 의미

● 입에 맞는 떡

마음에 꼭 드는 물건이나 일을 가리키는 말

● 입에 쓴 약이 병에는 좋다

당장은 괴로우나 결과는 이롭다는 말

● 입은 삐뚤어져도 말은 바로 해라

말은 언제나 바르게 하라는 말

● 입이 여럿이면 무쇠도 녹인다

여러 사람이 의견의 일치를 보면 무슨 일이라도 할 수 있다는 말

● 입이 열이라도 할 말이 없다

변명할 여지가 없다는 말

● 입추의 여지가 없다

빈틈이 없어 발 들여놓을 틈도 없음을 이르는 말

자

● 자는 범 침주기

그대로 가만 두었으면 아무 일도 없었을 것을 공연히 건드려서 일을 저질러 위태롭게 된다는 말

● 자다가 벼락 맞는다

급작스레 뜻하지 않던 변을 당하여 어쩔 줄 모를 때를 일컫는 말

● 자다가 봉창 두드린다

얼토당토않은 딴소리를 불쑥 내민다는 말

● 자라 보고 놀란 가슴 솥뚜껑 보고 놀란다

한 번 혼이 난 뒤로는 매사에 필요 이상으로 조심을 한다는 말

● 자라 알 지켜보듯 한다

어떻게 일을 처리하려고 노력하지는 않고 그저 묵묵히 들여다 보고만 있다는 의미

● 자랄 나무는 떡잎부터 알아본다

앞으로 크게 될 사람은 어려서부터 장래성이 엿보인다는 말

● 자루 속의 송곳

송곳은 자루에 있어도 밖으로 삐져나와 송곳의 위치를 알 수 있다는 뜻으로, 아무리 숨기려 해도 숨길 수 없고 그 정체가 드러나는 경우를 비유적으로 이르는 말

● 자식 겉 낳지 속은 못 낳는다

자식이 좋지 못한 생각을 품어도 그것을 부모가 알지 못한다는 말

● 자식도 품안에 들 때 자식이다

자식은 어렸을 때나 부모 뜻대로 다루지 크면 마음대로 할 수 없다는 말

- 자식을 길러봐야 부모 은공을 안다

  부모의 입장이 되어봐야 비로소 부모님의 길러준 은공을 헤아릴 수 있다는 말

- 작은 고추가 더 맵다

  몸집이 작은 사람이 큰 사람보다 도리어 단단하고 재주가 뛰어남을 비유하는 말

- 잔고기가 가시는 세다

  몸집이 자그마한 사람이 속은 꽉 차고 야무지며 단단할 때 이르는 말

- 잔소리 많은 집안은 가난하다

  잔소리가 많으면 가정이 늘 화목하지 못하고, 화목하지 못하면 가난을 벗어날 수 없다는 말

- 잔솔밭에서 바늘 찾기다

  매우 찾아내기 어려움을 나타내는 말

- 잔칫날 잘 먹으려고 사흘 굶으랴

  훗날에 있을 일만 믿고 막연히 기다리겠느냐는 말

● 잘 되면 제 탓이요 못 되면 조상 탓이다

일이 잘 되면 자기가 잘 해서 된 것으로 여기고 안 되면 남을 원망한다는 말

● 잘 되면 충신이요 못 되면 역적이다

일이 성공하면 칭송을 받고 실패하면 멸시당하는 것이 세상일이라는 말

● 잘 살아도 내 팔자 못 살아도 내 팔자

잘 살고 못 사는 것이 모두 자기의 타고난 운명이라는 말

● 잘 집 많은 나그네가 저녁 굶는다

일을 너무 어지럽게 여러 가지로 벌여놓기만 하면 결국에는 일의 결실을 보지 못하고 실패하게 된다는 말

● 잘 되면 술이 석 잔이요 못 되면 뺨이 세 대다

예로부터 결혼 중매는 잘 하면 술을 얻어먹게 되고 잘 못하면 매를 맞게 되므로 조심해서 주선하라는 말

● 잠결에 남의 다리 긁는다
자기를 위하여 한 일이 뜻밖에 남을 위한 일이 되어버렸다는 의미로, 얼떨결에 남의 일을 자기 일로 알고 한다는 말

● 잠을 자야 꿈도 꾼다
원인이 없는 결과를 바랄 수 없다는 말

● 잠자리 날개 같다
옷감이 매우 얇고도 고운 것을 이름

● 장가들러 가는 놈이 불알 떼어놓고 간다
가장 중요하고 요긴한 것을 잊어버리는 경우를 비유적으로 이르는 말

● 장구치는 놈 따로 있고 고개 까딱이는 놈 따로 있나
저 혼자서 할 수 있는 일을 가지고 남에게 나누어 하자고 할 때 핀잔주는 말

● 장구를 쳐야 춤을 추지
거들어주는 사람이 있어야 일을 할 수 있다는 말

● 장난 끝에 살인난다

우습게 보고 한 일이 큰 사고를 일으킬 수도 있음을 이르는 말

● 장님 제 닭 잡아먹기

남을 해하려다 해가 자신에게 돌아옴을 이르는 말

● 장님 코끼리 말하듯 한다

어느 부분만 가지고 전체인 것처럼 여기고 말한다는 말(=장님 코끼리 만지기)

● 장대로 하늘 재기

가능성이 없는 짓을 이르는 말

● 장마에 논둑 터지듯 한다

장마 때 세차게 내리는 비에 의해서 논둑이 무너지듯이 일거리가 계속 생긴다는 말

● 장부가 칼을 빼었다가 다시 꽂으랴

큰일을 결심하고 하려던 사람이 사소한 방해가 있다고 해서 그만둘 수 없다는 말

● 장부일언丈夫一言이 중천금重千金

남자의 말 한 마디는 천금같이 무겁다는 뜻으로써 한 번 한 말은 꼭 지킨다는 말

● 장인 장모는 반 부모다

부부는 한 몸과 같으므로 마땅히 아내의 부모도 자신의 부모와 똑같다는 의미

● 재주는 곰이 넘고 돈은 왕서방이 받는다

정작 수고한 사람은 응당 보수를 받지 못하고 엉뚱한 사람이 그 이익을 차지한다는 말

● 저 먹자니 싫고 개 주자니 아깝다

몹시 인색하다는 말

● 저 살 구멍만 찾는다

남이야 어떻게 되든지 전혀 상관하지 않고 자기 욕심대로만 자기 이익을 취해 버린다는 의미

- 저 잘난 맛에 산다

사람은 누구나 자기가 남보다 잘났다는 자존심을 가지고 살아 간다는 말

- 저녁 굶은 시어미상

저녁을 주지 아니하여 굶은 탓으로 얼굴을 잔뜩 찌푸리고 며느리를 쳐다보는 시어머니의 얼굴 모양이라는 뜻으로, 아주 못마땅하여 얼굴을 잔뜩 찌푸리고 있는 모양을 비유적으로 이르는 말, 또 다른 의미로는 날씨가 흐려서 음산하다는 말

- 적게 먹고 가는 똥 눈다

욕심을 부리지 않고 분수대로 살라는 말

- 적게 먹으면 명주요 많이 먹으면 망주라

모든 일은 정도에 맞게 해야 한다는 말

- 전정이 구만 리 같다

앞길이 구만 리 같다, 나이가 젊어서 장래가 아주 유망하다는 말

- 절에 가면 중노릇하고 싶다

일정한 주관이 없이 덮어놓고 남을 따르려 한다는 말

● 절에 가서 젓국 달라 한다

있을 수 없는데 가서 없는 것을 구한다는 말이니 당치 않은 곳에 가서 어떤 물건을 찾을 때 쓰는 말로, 연목구어緣木求魚와 같은 의미

● 젊어 고생은 사서도 한다

젊었을 때의 고생은 후일에 잘살기 위한 밑거름이 된다는 의미

● 접시 밥도 담을 탓이다

수단이나 성의를 다하면 어려운 일이라도 좋은 성과를 이룰 수 있다는 말

● 접시 물에 빠져 죽지

처지가 매우 궁박하여 어쩔 줄 모르고 답답해 하는 경우를 비유적으로 이르는 말

● 정성이 있으면 한식에도 세배 간다

마음만 있으면 언제라도 자기 성의는 표시할 수 있다는 말

● 젖 먹던 힘이 다 든다

일이 몹시 힘이 든다는 말

● 제 꾀에 제가 넘어간다

꾀를 너무 부리다가 자기가 도리어 그 꾀에 넘어간다는 말

● 제 논에 물대기

자기의 이익만 생각한다는 말로 아전인수我田引水와 같은 의미

● 제 눈의 안경이다

보잘것없는 것도 마음에 들면 좋아 보인다는 말

● 제 도끼에 제 발등 찍힌다

자기가 한 일이 자기에게 해가 된다는 말

● 제 돈 서 푼만 알고 남의 돈 칠 푼은 모른다

자기가 가지고 있는 것만 소중히 여기고 남의 것은 대수롭지 않게 여긴다는 말

● 제 똥 구린 줄은 모른다

자기의 허물은 반성할 줄 모른다는 말

● 제 방귀에 제가 놀란다

자기가 한 일에 자기가 놀라는 경우를 비유적으로 이르는 말

● 제 배가 부르면 종 배고픈 줄 모른다

남의 사정은 조금도 알아줄 줄 모르고 자기만 알고 자기 욕심만 채우는 사람을 이르는 말

● 제 버릇 개 줄까

나쁜 버릇은 쉽게 고치기가 어렵다는 말

● 제 얼굴 못나서 거울 깬다

자기 잘못은 모르고 남만 나무란다는 말

● 제 칼도 남의 칼집에 들면 찾기 어렵다

비록 자기 물건이라도 남의 손에 들어가게 되면 자기 마음대로 할 수 없다는 말

● 제 코가 석 자나 빠졌다

남을 나서서 도와주기는커녕 자기도 궁지에 빠져서 어쩔 도리가 없다는 말

● 제 털 뽑아 제 구멍에 막기

성미가 너무 고지식하여 융통성이 없다는 말

● 제 팔자 개 못 준다

타고난 운명은 버릴 수 없다는 말

● 제 흉 열 가진 놈이 남의 흉 한 가지 본다

자신의 결점 많은 것은 모르면서 남의 작은 결점을 도리어 흉본다는 말

● 제비는 작아도 강남을 간다

사람이나 짐승이 모양은 작아도 자기 할 일은 다 한다는 말

● 조상 덕에 이밥을 먹는다

조상 덕에 부유하게 산다는 말

● 조잘거리는 아침 까치 같다

커다란 소리로 지껄이는 사람을 가리키는 말

● 족제비도 낯짝이 있다

염치나 체면을 모르는 사람을 탓하는 말

● 좁쌀영감이다

좀스러운 사람을 비유적으로 이르는 말, 또는 꼬장꼬장하게 잔소리를 심히 하고 간섭을 많이 하는 사람을 이르는 말

● 종로에서 뺨 맞고 한강에 가서 눈 흘긴다

욕을 당한 그 자리에서는 아무 말도 못 하고 화풀이를 다른 곳에 가서 한다는 말

● 종이 한 장 차이다

종이 한 장 정도밖에 안 되는 근소한 차이라는 말

● 좋은 말도 세 번만 하면 듣기 싫다

아무리 좋은 것도 늘 보고 접하게 되면 지루해지고 싫증이 난다는 말

● 죄는 지은 대로 가고 덕은 닦은 대로 간다

죄 지은 사람은 마땅히 벌을 받고, 덕을 베푼 사람은 결국에는 복을 받는다는 말

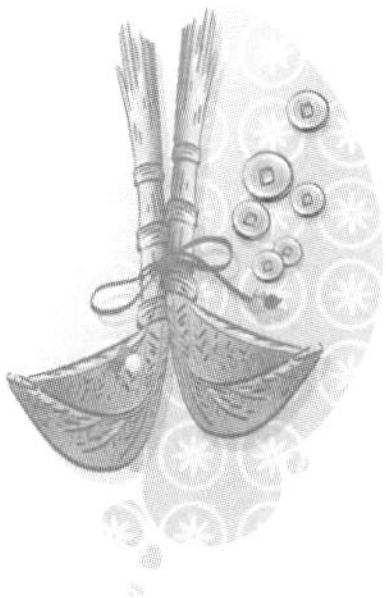

● 주린 개 뒷간 넘겨다보듯 한다

누구나 배가 몹시 고플 때는 무엇이고 먹을 것을 찾기 위해 여기저기를 기웃거린다는 말

● 주먹구구에 박 터진다

무슨 일을 어림짐작으로 그저 대충 하다가는 크게 낭패를 당하게 된다는 말

● 주인 많은 나그네 밥 굶는다

해준다는 사람이 너무 많으면 서로 미루다가 결국 안 된다는 말

● 주인 모르는 공사 없다

무슨 일이든지 주장된 사람이 모르면 안 된다는 뜻의 말

● 죽 쑤어서 개 좋은 일 하였다

애써서 이루어놓은 일이 남에게 유리할 뿐이라는 말

● 죽 푸다 흘려도 솥 안에 떨어진다

일이 제대로 안 되어 막상 손해를 본 것 같지만 따지고 보면 결코 손해는 없다는 말

● 죽도 밥도 안 된다

되다가 말아서 아무 짝에도 쓸모없다는 말

● 죽어봐야 저승을 알지

무슨 일이나 겪어봐야 실상을 알 수 있다는 말

● 죽은 나무에 꽃이 핀다

보잘것없던 집안에서 영화로운 일이 있을 때 하는 말

● 죽은 뒤에 약방문

이미 때가 지나 아무 소용이 없게 되었다는 말

● 죽은 자식 나이 세기

이왕 그릇된 일을 생각하여도 쓸데없다는 말

● 죽이 끓는지 밥이 끓는지 모른다

무엇이 어떻게 되는지 도무지 모른다는 말

● 중병에 장사 없다

아무리 용감하고 튼튼한 사람도 중한 병에 걸리게 되면 꼼짝도 하지 못한다는 말

● 중은 중이라도 절 모르는 중이라

반드시 알아야 할 처지에 있으면서 모르고 있다는 말

● 중의 양식이 절 양식

그게 그것이라는 말

● 중이 미우면 가사도 밉다

그 사람이 밉다 보니 그에게 딸린 것까지 다 밉게만 보인다는 말

● 중이 제 머리를 못 깎는다

아무리 중요한 일이라도 자기 문제를 스스로 해결할 수 없다는 말

● 쥐구멍에 홍살문 세우겠다

마땅치 않은 일을 주책없이 하려 한다는 말

● 쥐구멍에도 볕 들 날이 있다

몹시 고생을 하는 사람도 좋은 운수를 만날 때가 있다는 말

● 쥐구멍을 찾는다

매우 부끄럽고 난처하여 급히 몸을 숨기려고 애를 쓴다는 말

● 쥐도 도망갈 구멍이 있어야 산다

무슨 일이나 만일을 대비해서 생각하고 일을 해야 나중에 안전하다는 말

● 쥐뿔도 모른다

아무것도 알지 못하고 아는 체한다는 말

● 지렁이도 밟으면 꿈틀한다

아무런 보잘것없고 약한 사람이라도 너무 무시하면 반항한다는 말

● 지붕 호박도 못 따는 주제에 하늘의 별도 따겠단다

아주 쉬운 일도 못 하면서 당치도 않은 어려운 일을 하겠다고 덤빈다는 말

● 지성이면 감천이다

사람이 무슨 일을 하나 정성이 지극하면 다 이룰 수도 있다는 말

● 지척이 천리다

서로 가까이 있으면서도 오랫동안 모르고 왕래가 없어서 멀리 떨어져 사는 것이나 마찬가지라는 의미

● 지키는 사람 열이 도둑 하나를 못 당한다

계획적인 도둑을 막기는 힘들다는 말

● 집과 계집은 가꾸기 탓

허술한 집도 변변찮은 여자도 평소에 잘 가꾸면 훌륭하게 된다는 말

● 집도 절도 없다

가진 집이나 재산이 없고 여기저기 떠돌아다닌다는 말

● 집에 금송아지를 매었으면 무슨 소용이냐

어떤 귀중한 물건을 가지고 있더라도 일을 당한 현장에서 그것을 쓰지 못한다면 아무 소용이 없다는 말

● 집에서 새는 바가지는 들에 가도 샌다

타고난 천성이 나쁜 사람은 어디를 가나 그 성품을 고치기 어렵다는 말

● 짚신도 제 짝이 있다

보잘것없는 사람도 배필은 있다는 말

● 짝 잃은 기러기 같다

몹시 외로운 사람을 뜻하는 말

● 쪽박 빌려주니 쌀 꿔달란다

편의를 봐주면 봐줄수록 더 요구한다는 말

● 쪽박 쓰고 벼락 피한다

아무리 애를 써도 피할 수 없음을 두고 비유한 말

● 찔러도 피 한 방울 나오지 않는다

아주 구두쇠나 인정이 없는 사람을 일컫는 말

차

● 차車치고 포包친다

장기를 둘 때 차도 먹고 포도 먹듯이 무슨 일을 아주 시원스럽게 해치운다는 말

● 차려놓은 밥상 받듯 한다

이미 준비된 일을 하듯이 힘도 하나 안 들이고 손쉽게 한다는 말

● 차면 넘친다

너무 정도에 지나치면 안 된다는 말로, 흥성하면 언젠가는 쇠망한다는 의미

● 차일피일하다

이날 저 날 하며 자꾸 기한을 미룬다는 말

● 찬물도 위아래가 있다
무슨 일에나 순서가 있다는 말

● 찬물에 기름 돌듯 한다
서로 화합하지 않고 따로 노는 사람을 보고 하는 말

● 찬이슬을 맞은 놈이다
밤에만 돌아다니며 도둑질을 하느라고 이슬을 맞은 사람이라는 말

● 찬밥 더운밥 다 먹어봤다
산전수전을 다 겪어보았기 때문에 세상 물정을 다 훤히 안다는 말

● 찰거머리 정이다
한 번 정이 들면 여간해서는 떨어질 줄 모르는 깊은 정이라는 말

● 참고 사는 것이 인생이다
세상 사람들은 누구나 자기 마음대로 세상을 살아갈 수 없기 때문에 참고 살아야 한다는 말

● 참깨 들깨 노는데 아주까리가 못 놀까

남들이 다하는 일을 나라고 못 하겠느냐는 말로, 나도 한 몫 끼어 하자고 나설 때 쓰는 말

● 참는 것이 이기는 것이다

자기에게 당면한 고난을 참고 살아야 한다는 말

● 참새가 방앗간을 그냥 지나랴

욕심이 있는 사람이 솔깃한 것을 보고 그냥 지나쳐버리지 못한다는 말

● 참새가 죽어도 짹 한다

아무리 약한 것이라도 너무 괴롭히면 대항한다는 말

● 참새가 허수아비 무서워 나락 못 먹을까

반드시 큰일을 하려면 다소의 위험 정도는 감수해야 한다는 말

● 참외 장수는 사촌이 지나가도 못 본 척한다

장사하는 사람은 인색하다는 말

- 참을 인忍자 셋이면 살인도 면한다

  아무리 분한 일이 있어도 꾹 참으면 위기를 모면할 수 있다는 말

- 책망은 몰래 하고 칭찬은 알게 하랬다

  남을 책망할 때는 다른 사람이 없는 데서 하고 칭찬할 때는 다른 사람 보는 앞에서 하여 자신감을 심어주라는 말

- 처갓집에 송곳 차고 간다

  처갓집 밥은 꼭꼭 눌러 담았기 때문에 송곳으로 파야 먹을 수 있다는 말이니, 즉 처갓집에서는 사위 대접을 극진히 한다는 말

- 처녀가 아이를 낳아도 할 말이 있다

  아무리 못된 짓을 했어도 구실과 변명의 여지는 있다는 말

- 처마 끝에서 까치가 울면 편지가 온다

  까치는 길조이므로 아침에 까치가 울면 반가운 소식이 있다는 말

- 처삼촌 묘 벌초하듯 하다

  일에 정성을 들이지 않고 건성건성 해치워버리는 것을 이르는 말

- 처음에는 사람이 술을 먹고 나중에는 술이 사람을 먹는다

  술을 적당히 마시는 것은 상관없지만 지나치게 많이 마시면 몸을 해치게 된다는 말

- 척하면 삼천리다

  무슨 일이나 눈치로 분위기를 파악해서 신속하고 능수능란하게 처리해야 한다는 말

- 천 길 물속은 알아도 한 길 사람 속은 모른다

  사람의 마음속은 물속처럼 들여다보이는 것이 아니기 때문에 알아내기가 매우 어렵다는 말

- 천 냥 빚도 말로 갚는다

  말만 잘하면 천 냥이나 되는 엄청난 빚도 갚을 수 있듯이 처세하는 데는 자고로 말재간이 좋아야 한다는 말

- 천둥에 개 놀라듯 한다

  몹시도 놀라서 허둥대며 정신을 못 차리고 날뛴다는 말

- 천 리 길도 한 걸음부터

  아무리 큰일이라도 그 첫 시작은 작은 일부터 비롯된다는 말

● 천리마는 늙었어도 천 리 가던 생각만 한다

몸은 비록 늙었어도 마음은 언제나 젊은 시절과 다름없다는 말

● 천만 재산이 서투른 기술만 못 하다

자기가 지닌 돈은 있다가도 없어질 수 있지만 한 번 배운 기술은 죽을 때까지 지니고 있기 때문에 생활의 안정을 기할 수 있다는 말

● 천석꾼은 천 가지 걱정이요, 만석꾼은 만 가지 걱정이다

사람은 누구에게나 저마다 한 가지씩은 걱정이 있게 마련이므로 이를 참고 극복해야 한다는 말

● 철들자 망령이라

인생이란 어물어물 하다보면 무엇 하나 이루어놓은 일도 없이 무상하게 늙는다는 말

● 첫딸은 살림 밑천이다

딸은 집안 살림을 맡아 하게 되므로 큰 밑천이나 다름없다는 말

● 첫술에 배부르랴

어떤 일이든지 단번에 만족할 수는 없다는 말

● 첫날밤에 지게 지고 들어가도 제 멋이다

자기가 좋아서 하는 일은 남이 어떻게 보든지 전혀 상관이 없다는 말

● 청대콩이 여물어야 여물었나 한다

청대콩은 다 여물어도 여문 것인지 안 여문 것인지 눈으로 보아서는 잘 모르듯이 모든 일을 겉으로만 봐서는 잘 파악할 수 없다는 말

● 청실홍실 매야만 연분인가

혼례식을 치르지 않고 동거생활을 하여도 부부는 역시 부부라는 말

● 초가삼간 다 타도 빈대 죽는 것만 시원하다

비록 큰 손해를 보더라도 마음에 들지 않는 것이 없어진 것만 흐뭇하게 여긴다는 말

● 초년고생은 사서라도 한다

초년에 고생을 겪은 사람이라야 세상살이에 밝고 경험이 많아서 복을 누리는 까닭에 그 고생을 달게 받아야 한다는 말

● 초록은 동색이다

끼리끼리 모인다는 뜻의 말로, 유유상종類類相從과 같은 의미

● 초사흘 달은 부지런한 며느리만 본다

음력 초사흗날에 뜨는 달은 떴다가 곧 지기 때문에 부지런한 며느리만이 볼 수 있다는 뜻으로, 슬기롭고 민첩한 사람만이 미세한 것을 살필 수 있음을 비유적으로 이르는 말

● 초상술에 권주가 부른다

때와 장소를 분별하지 못하고 행동한다는 말

● 초상집 개 같다

의지할 데가 없이 이리저리 헤매어 초라함을 이르는 말

● 초학初學 훈장訓長의 똥은 개도 안 먹는다

훈장 즉 선생의 일이 매우 어렵고 힘들다는 말

● 촌놈은 밥그릇 큰 것만 찾는다

무식한 사람은 어떠한 물건의 질은 무시하고 그저 양이 많은 것만 요구한다는 말

● 촌닭 관청에 잡혀온 격이다

경험 없는 일을 당하여 어리둥절한다는 말

● 친 사람은 다리를 오그리고 자도 맞은 사람은 다리를 펴고 잔다

남을 괴롭힌 가해자는 뒷일이 걱정되어 불안하나 피해자는 그보다 마음이 편하다는 말

● 칠 년 가뭄에 하루 쓸 날 없다

계속 날이 개어 있다가 무슨 일을 하려고 하는 날 공교롭게도 날씨가 궂어 일을 그르치는 경우를 비유적으로 이르는 말

● 침 뱉은 우물을 다시 먹는다

다시는 안 볼 듯이 야박하게 행동하더니 어쩌다가 자신의 처지가 아쉬우니까 다시 찾아온다는 말

카

● 칼날 위에 섰다

매우 위태로운 처지에 놓였다는 말

● 칼도 날이 서야 쓴다

자기에게 주어진 역할을 제대로 하려면 그만한 실력이 있어야 한다는 말

● 콧방귀를 뀌다

아니꼽거나 못마땅하여 남의 말을 들은 체 만 체 말대꾸를 안 한다는 말

● 코가 납작해지다

심한 무안을 당하거나 기가 죽음을 이르는 말

● 코가 쉰댓 자나 빠졌다

근심이 쌓이고 고통스러운 일이 있어 맥이 빠진 경우를 비유적으로 이르는 말

● 코에서 단내가 난다

일에 시달리고 고뇌하여 몸과 마음이 몹시 피로하다는 말

● 콩도 닷 말, 팥도 닷 말

골고루 공평하게 나눠준다는 말로써 어디나 마찬가지란 말(=커도 한 그릇, 작아도 한 그릇)

● 콩 반쪽이라도 남의 것이라면 손 내민다

남의 것이라면 무엇이나 탐내어 가지려고 한다는 말

● 콩 볶아먹다가 가마솥 깨뜨린다

작은 재미를 보려고 어떤 일을 하다가 큰일을 저지름을 비유적으로 이르는 말

● 콩 볶아먹을 집안

가족끼리 서로 다투고 싸워 형편이 없다는 말

● 콩 심은 데 콩 나고 팥 심은 데 팥 난다

원인이 있으면 당연히 그에 따르는 결과가 있다는 말

● 콩으로 메주를 쑨다 하여도 곧이듣지 않는다

아무리 사실대로 말하여도 믿지 아니함을 비유적으로 이르는 말, 또는 거짓말을 잘하여 신용할 수 없다는 말

● 콩이야 팥이야 한다

별 차이 없는 것을 가지고 다르다고 따지거나 시비한다는 말

● 크고 작은 것은 대봐야 안다

어떤 것이 크고 어떤 것이 작은가는 직접적으로 비교해 보아야 안다는 의미

● 큰 제방 둑도 개미구멍 하나로 무너진다

작은 사물이라도 업신여기다가는 그 때문에 큰 화를 입는다는 말

● 큰북에서 큰 소리 난다

크고 훌륭한 데서라야 무엇이나 좋은 일이 생길 수 있음을 비유적으로 이르는 말로, 도량이 큰 사람이 훌륭한 일을 한다는 말

● 키는 작아도 담은 크다

키는 작지만 용감한 사람을 추어올리거나 칭찬하는 말

● 키 크고 싱겁지 않은 사람 없다

키 큰 사람의 행동은 멋없어 보인다는 말

● 키 크면 속이 없고 키 작으면 자발없다

키 큰 사람은 실없고 싱거우며 키 작은 사람은 참을성이 없고 까분다는 말

● 키 큰 암소 똥 누듯

일을 쉽게 함을 비유적으로 이르는 말, 또는 하는 짓이 어설프게 보임을 비꼬는 말

타

● 탕약에 감초가 빠질까

여기저기 끼어들지 않는 데가 없는 사람을 비웃는 말

● 태산을 넘으면 평지를 본다

고생을 하게 되면 그 다음에는 즐거움이 온다는 말

● 태산이 평지 된다

자연이나 사회의 변화가 몹시 심함을 비유적으로 이르는 말로, 상전벽해桑田碧海와 같은 의미

● 태수 되자 턱 떨어져

오랫동안 노력하여 모처럼 일이 이루어지니 박복하여 허사가 되었다는 말

● 터를 잡아야 집도 짓는다

모든 일에는 기반과 순서가 있어야 된다는 말

● 터진 꽈리 보듯 한다

사람이나 물건을, 터져서 쓸데없는 꽈리를 보듯이 여겨 중요시하지 아니함을 비유적으로 이르는 말

● 털도 아니 뜯고 먹으려 한다

사리에 맞지 않게 노력도 없이 남의 물건을 거저 차지하려고 한다는 말

● 털도 아니 난 것이 날기부터 하려 한다

못난 사람이 제격에 맞지 않는 엄청난 짓을 한다는 것을 말함 (=기지도 못하는 게 날려 한다)

● 털어서 먼지 안 나는 사람 없다

누구든지 그의 결점을 찾아내려면 조금도 결점 없는 사람이 없다는 말

● 털을 뽑아 신을 삼겠다

남의 은혜를 꼭 갚겠다는 말로, 결초보은結草報恩과 같은 의미

- 토끼 둘을 잡으려다가 하나도 못 잡는다

  욕심을 부려서 한꺼번에 여러 가지 일을 하려고 하면 한 가지 일도 성취하지 못하고 실패한다는 말

- 토끼를 다 잡으면 사냥개를 삶는다

  필요할 때는 소중히 여기다가도 필요 없게 되면 천대하고 없애 버림을 비유하는 말

- 틈 난 돌이 터지고 태 먹은 독이 깨진다

  어떤 징조가 보이면 반드시 그 일이 나타나고야 만다는 말

- 티끌 모아 태산

  적은 것도 거듭 쌓이면 많아짐을 일컫는 말

파

● 파김치가 되었다

기운이 지쳐서 아주 나른하게 된 모양을 비유한 말

● 파리 날리다

영업, 사무 따위가 번성하지 아니하고 한산하다는 말

● 파리도 여윈 말에 더 붙는다

강자에게는 아무도 손을 대지 않지만 약한 자에게는 누구나 달려들어 갉아먹는다는 말

● 파리똥도 똥이다

양적으로는 비록 적을지라도 본질적으로는 전혀 다를 바가 없다는 말

● 파리떼 덤비듯 한다

이권을 보고 모리배가 파리 꾀듯 여기저기서 자꾸 모여든다는 말

● 판에 박은 것 같다

언제나 똑같다는 말로, 다른 것이 조금도 없다는 것을 비유적으로 이르는 말

● 팔십 노인도 세 살 먹은 아이한테 배울 것이 있다

어린아이의 말이라도 기발하고 사리에 맞아 귀담아들을 만한 말이 있으니 덮어놓고 무시하지 말라는 말

● 팔이 안으로 굽지 밖으로 굽나

친밀한 사이에 있는 사람에게 먼저 동정하게 되며 어느 일에나 자기에게 유리하도록 꾀하는 것이 인지상정이라는 말

● 팔자 고치다

여자가 재혼하거나 갑작스레 부자가 되거나 지체를 얻어 딴 사람처럼 됨을 비유적으로 이르는 말

- 팔자는 독에 들어가서도 못 피한다

타고난 운명은 억지로 바꿀 수 없다는 말(=팔자 도망은 독 안에 들어도 못 한다)

- 평생 신수가 편하려면 두 집을 거느리지 말랬다

두 집 살림을 차리게 되면 대부분 집안이 항상 편하지 못하다는 말

- 평안감사도 저 싫으면 그만이다

아무리 좋은 일이라도 당사자의 마음이 내키지 않으면 억지로 시킬 수 없음을 비유적으로 이르는 말

- 평지에서 낙상한다

뜻밖에 생긴 재난이라는 말(=두부 먹다 이 빠진다)

- 평택이 무너지나 아산이 깨어지나

끝까지 경쟁을 해보자는 말(평택과 아산은 청일전쟁 때 싸움을 한 곳임)

- 포도청 문고리도 빼겠다

겁이 없고 대담한 사람을 두고 하는 말

● 풀 방구리에 쥐 드나들듯 한다

풀을 담아놓은 그릇의 풀을 먹으려고 드나드는 쥐처럼 자주 드나드는 모양을 두고 이르는 말

● 풋고추 절이 김치

절이 김치를 만들 때 풋고추가 꼭 들어가므로 사이가 매우 친하여 둘이 항상 붙어다니는 것을 보고 하는 말

● 풍년거지 더 섧다

남들은 다 잘 사는데 자기만 어렵게 지내는 처지가 더 슬프다는 말

● 피는 물보다 진하다

혈육의 정이 깊음을 이르는 말

● 피장파장이다

누가 낫고 누가 못한 것이 없어 양자가 똑같다는 말

● 핑계 없는 무덤 없다

어떤 일이라도 반드시 핑곗거리가 있다는 말

하

- 하나를 보고 열을 안다

  일부만 보고 전체를 미루어 안다는 말

- 하늘 높은 줄은 모르고 땅 넓은 줄만 안다

  키가 작고 옆으로만 퍼져 뚱뚱하게 생긴 사람을 보고 하는 말

- 하늘 보고 주먹질한다

  어떤 일을 이루려고 노력을 하나 그럴 만한 능력이 없으므로 공연한 짓을 함을 비유적으로 이르는 말

- 하늘 보고 침뱉기다

  하늘에다 대고 침을 뱉으면 결국 자기 얼굴에 떨어지듯이 남을 해치려다가 자기가 당한다는 말

- 하늘을 보아야 별도 딴다

  노력과 준비가 있어야 보람을 얻는다는 말

- 하늘을 쓰고 도리질한다

  세력을 믿고 기세등등하여 아무것도 거리낌 없이 자기 세상인 듯 교만하고 방자하게 거들먹거림을 비유적으로 이르는 말

- 하늘의 별 따기

  무엇을 얻거나 성취하기가 매우 어려운 경우를 비유적으로 이르는 말

- 하늘이 무너져도 솟아날 구멍이 있다

  아무리 큰 재난이 닥치더라도 그것에서 벗어나 도움을 받을 방법과 꾀가 서게 된다는 말

- 하룻강아지 범 무서운 줄 모른다

  철모르고 아무에게나 함부로 힘을 쓰면서 덤비는 사람을 두고 하는 말

- 하룻밤을 자도 만리장성을 쌓는다

  잠깐 사귀어도 정을 깊이 둔다는 말

● 하룻밤을 자도 헌 각시
여자는 정조를 굳게 지켜야 한다는 말
(=한 번 가도 화냥, 두 번 가도 화냥)

● 학도 아니고 봉도 아니고
아무것도 아니라는 말, 또는 행동이 뚜렷하지 않거나 사람이 분명치 않다는 말

● 한 귀로 듣고 한 귀로 흘린다
어떤 말을 하여도 곧 잊어버리고 듣지 않은 것과 같다는 말

● 한 다리가 천리千里다
촌수가 가까울수록 정에 더 이끌린다는 말

● 한 달이 크면 한 달이 작다
세상일이란 한 번 좋은 일이 있으면 한 번은 나쁜 일이 있게 마련이라는 말

● 한량이 죽어도 기생집 울타리 밑에서 죽는다
사람은 죽을 때도 자기의 본색을 드러낸다는 말(=백정이 버들잎 물고 죽는다)

● 한 번 실수는 병가지상사

한 번 정도의 실수는 흔히 있을 수 있는 일이니 크게 탓하거나 나무랄 것이 없다는 말

● 한 번 엎지른 물은 주워담지 못한다

한 번 한 일은 다시 원상태로 되돌리지 못한다는 말

● 한 부모는 열 자식을 거느려도 열 자식은 한 부모 못 모신다

한 사람이 잘 되면 여러 사람을 도와 살릴 수 있으나 여러 사람이 합하여 한 사람을 잘살게 하기는 힘들다는 말

● 한 술 밥에 배부르랴

무슨 일이나 처음에는 자기가 기대한 만큼의 성과를 얻을 수 없다는 말

● 한 어미 자식도 아롱이다롱이가 있다

세상일이 다 같을 수는 없다는 말

● 한 잔 술에 눈물난다

대단찮은 일에 원한이 생기므로 차별 대우를 하지 말라는 말

● 한강에 돌 던지기
지나치게 작아 전혀 효과가 없다는 말

● 한날한시에 난 손가락도 길고 짧다
한 형제간에도 슬기로운 사람과 어리석은 사람이 생기며 같은 등속이라도 고르지 못하다는 말

● 한솥밥 먹고 송사한다
아주 가까운 사람끼리 다툰다는 말

● 한편 말만 듣고 송사 못 한다
한편 말만 듣고서는 시비를 판단하기 어렵다는 말

● 함박 시키면 바가지 시키고, 바가지 시키면 쪽박 시킨다
윗사람이 아랫사람에게 무슨 일을 시키면 그도 자기의 아랫사람을 불러 일을 시킨다는 말

● 항우도 댕댕이덩굴에 넘어진다
비록 힘이 세더라도 방심하여 조심하지 아니하면 실수를 할 수 있으므로 작고 보잘것없다 하여 깔보아서는 안 된다는 말

- 햇비둘기 재 넘으랴

경험과 실력이 아직 부족한 사람이 큰일을 이룰 수 없다는 말

- 행랑 빌리면 안방까지 든다

처음에는 소심하게 발을 들여놓다가 재미를 붙이면 대담해져 정도가 심한 일까지 한다는 말

- 허파에 바람 들었다

실없이 행동하거나 웃어대는 사람을 비유하여 이르는 말

- 허허 해도 빚이 열닷 냥이다

겉으로는 호기 있게 보이나 속으로는 근심이 가득하다는 말

- 헌신짝 버리듯 한다

긴하게 쓰고 난 뒤에 아무 거리낌 없이 내버린다는 말

- 헌 짚신도 짝이 있다

아무리 어렵고 가난한 사람도 다 짝, 또는 배우자가 있다는 말

- 혀 아래 도끼 들었다

말을 잘못 하면 큰 재앙을 받게 된다는 말

● 형만한 아우 없다

아우가 형보다 못하다는 말

● 호떡집에 불이 났다

질서 없이 떠들썩하게 지껄임을 빈정거려 일컫는 말

● 호랑이 담배 필 적

까마득해서 종잡을 수 없는 옛날을 이르는 말

● 호랑이도 제 말하면 온다

다른 사람에 관한 이야기를 하는데 공교롭게 그 사람이 나타나는 경우를 이르는 말

● 호랑이에게 개 꾸어주기

빌려주면 다시 받을 가망이 없다는 말

● 호랑이에게 고기 달란다

전혀 기대할 수 없는 것을 기대하는 어리석은 행동을 한다는 말

● 호랑이에게 물려가도 정신만 차리면 산다
아무리 위급한 일을 당하여도 정신만 똑똑히 차리면 위기를 면할 수 있다는 말

● 호미로 막을 것을 가래로 막는다
적은 힘으로 될 일을 기회를 놓쳐 큰 힘을 들이게 된다는 말

● 호박꽃도 꽃이라고
얼굴은 못생겨도 여자라고 여자 티를 낸다는 말

● 호박꽃도 꽃이라니까 오는 나비 괄시한다
못생긴 여자에게 구애를 하였다가 오히려 거절을 당하였다는 말

● 호박씨 까서 한 입에 넣는다
조금씩 저축하였다가 그것을 한꺼번에 소비해 버림을 말함

● 호박에 침주기
아무 반응이 없다는 말

● 호박이 덩굴째 들어왔다
의외의 횡재를 했다는 말

● 혹 떼러 갔다가 혹을 붙여온다

이득을 얻으려고 갔다가 도리어 손해만 보고 왔다는 말

● 홀아비 사정은 과부가 알아준다

남의 어려운 사정은 서로 비슷한 환경에 있는 사람이라야 헤아릴 수 있다는 의미

● 화약을 지고 불에 들어간다

자기 스스로 위험한 곳에 들어간다는 말

● 홧김에 화냥질한다

격분을 이기지 못하여 될 대로 되라고 탈선까지 하여 결국 자기 신세를 망치게 된다는 말

● 황금 천 냥이 자식 교육만 못 하다

막대한 유산을 남겨주는 것보다는 자녀 교육이 더 중요한 것이라는 말

● 황소 뒷걸음치다가 쥐 잡는다

어리석은 사람이 미련한 행동을 하다가 뜻밖에 좋은 성과를 얻었을 때 하는 말

● 흉년의 떡도 많이 나면 싸다

귀한 물건도 많이 공급되면 값이 싸진다는 말

● 흉이 없으면 며느리 다리가 희단다

며느리를 미워하는 시어머니는 생트집을 잡아서 흉을 본다는 말

● 흘러가는 물도 떠주면 공이 된다

쉬운 일이라도 도와주면 은혜가 된다는 말

● 흥정은 붙이고 싸움은 말리랬다

좋은 일은 될 수 있는 대로 권장하고, 나쁜 일은 뜯어말려야 한다는 말

● 흰 죽에 코다

좋은 것인지 나쁜 것인지 전혀 구별할 수 없게 되었다는 의미